Collection
alli-bi

Ne tirez pas sur les revenantes

Conçue et dirigée par
Yvon Brochu

Felicity Finn

Traduit de l'anglais par Hélène Vachon

Ne tirez pas sur les revenantes

Dominique et Compagnie

VILLE DE MONTREAL

3 2777 0236 7747 4

Données de catalogage avant publication (Canada)

Finn, Felicity

(Jeremy and the Aunties. Français)

Ne tirez pas sur les revenantes!

(Collection Alli-Bi)
Traduction de : Jeremy and the Aunties.
Pour les jeunes de 10 à 12 ans

ISBN 2-89512-032-3

I. Vachon, Hélène, 1947-. II. Titre. III. Titre: Jeremy and the Aunties.
Français. IV. Collection

PS8561.I553.J4414 1997   jC813'.54   C97-940405-3
PS9561.I553.J4414 1997   PZ23.F56Ne 1997

Jeremy and the Aunties
Copyright © 1992 Felicity Finn
Publié par Second Story Press

Sous la direction de Yvon Brochu, R-D création enr.
Conception graphique : Diane Primeau
Illustration de la couverture : Alain Massicotte
Mise en page : Jean-Marc Gélineau
Révision-correction : Christine Deschênes

Version française
© Les éditions Héritage inc. 1999
Tous droits réservés

Dépôts légaux : 3e trimestre 1999
Bibliothèque nationale du Québec
Bibliothèque nationale du Canada

ISBN : 2-89512-032-3   Imprimé au Canada

10 9 8 7 6 5 4 3 2

Dominique et compagnie
Une division des éditions Héritage inc.
300, rue Arran, Saint-Lambert (Québec) J4R 1K5
Téléphone : (514) 875-0327
Télécopieur : (450) 672-5448
Courriel : info@editionsheritage.com

Cette traduction a été rendue possible grâce à une subvention du Conseil des Arts du Canada.

Nous remercions le Conseil des Arts du Canada de l'aide accordée à notre programme de publication, ainsi que la SODEC et le ministère de Patrimoine du Canada.

Pour Allen, Henry,
Jesse et Brian,
avec amour.

Margo, Gaby et Dorothée

Au début, je n'ai pas eu peur. Plus tard seulement, quand on les a installées au salon en face du téléviseur. Elles avaient l'air tellement vivantes !

Les tantes, c'était une idée de ma mère. Elle en rêvait depuis qu'elle avait décroché un emploi de décoratrice au théâtre. Elle voulait fêter ça et s'était dit qu'« inviter » trois mannequins à une petite soirée aurait un effet monstre.

On a mis presque une semaine à les fabriquer. Ma mère s'était procuré le matériel nécessaire dans des boutiques de tissus et de vêtements usagés ; le théâtre lui avait fourni le reste. Je n'ai rien d'un couturier mais, comme le téléviseur s'était mystérieusement détraqué ce soir-là, je n'avais rien de mieux à faire.

— Je te confie les corps, les bras et les jambes, avait dit ma mère. Moi, je m'occupe

des visages et des mains. C'est plus com-
pliqué.

Les jambes, ça allait tout seul : trois paires
de collants bourrés, avec des chaussures au
bout. Les mains ? Trois paires de gants, bourrés eux aussi, cousus aux bras. Par contre, les
visages ont donné du fil à retordre à ma
mère, c'est le cas de le dire. Elle a confectionné trois nez, trois bouches, six oreilles,
six paupières et les a cousus sur les têtes et
les visages. Sur ces derniers, elle a ensuite
brodé rides, fossettes et pattes d'oie. Une fois
maquillées, habillées et coiffées de perruques,
les tantines avaient l'air aussi vivantes que
vous et moi.

— Il faut leur trouver des noms, a décrété
ma mère. Marguerite, Gabrielle et Dorothée,
ça t'irait ?

— Ouais.

— Margo, c'est la bégueule, a précisé ma
mère en jetant un regard attendri sur le premier mannequin. Toujours scandalisée. Pour
un oui ou un non.

— Gabrielle est trop grosse, ai-je cru bon
de faire remarquer.

— En effet, a soupiré ma mère. Elle
devrait se mettre au régime. Et sa robe ! Pauvre Gaby ! Pas le moindre goût. À croire
qu'elle s'habille dans une friperie.

Rires.

— Dorothée, c'est autre chose. Quelle allure! Celle-là, elle a dû en briser des cœurs dans sa jeunesse!

Tellement vivantes. Assises côte à côte devant le téléviseur. C'est tout juste si elles ne parlaient pas. J'ai eu peur tout à coup.

— Jérémie, pourquoi n'invites-tu pas un de tes amis à la fête, ce soir? a suggéré ma mère. Après tout, c'est l'été, les vacances. Ça te changerait un peu de t'amuser. Une fois n'est pas coutume.

— D'accord.

J'ai téléphoné à Rick. Mon ami de toujours.

— Ici la morgue...

Toujours la même réponse. Sacré Rick!

— Salut, Rick. Ma mère organise une fête ce soir. Le truc habituel: des vieux, de la bouffe... Elle t'invite. Et j'ai quelque chose à te montrer.

— Impossible. Ma mère est en ville; je vais souper avec elle. Mais mon père ira, lui.

— Tant pis. On se voit demain alors.

Ce soir-là, j'ai fait semblant de monter me coucher, mais je suis resté dans l'escalier, pour les observer. Les tantines ont volé la vedette : « Extraordinaire ! Géniale comme idée ! » s'exclamaient les invités. Certains s'y sont même fait prendre : un collègue de ma mère a offert des crudités à Gaby et a rougi jusqu'à la racine des cheveux en se rendant compte de son erreur. À la fin de la soirée, l'alcool aidant, le père de Rick — professeur de son état — était en grande conversation avec Dorothée, son bras passé autour de ses épaules. Sans parler du docteur Suggs, qui avait empoigné Margo avec sa canne et se livrait à une valse effrénée à travers le salon.

Le lendemain matin, comme d'habitude, j'étais devant le téléviseur — qui, soit dit en passant, s'était remis à fonctionner. J'adore la télé, les émissions sportives, les jeux-question-naires, les films, les dessins animés... J'aime absolument tout. Le salon avait l'air d'un champ de bataille avec ses vestiges de buffet encore appétissants : charcuterie, croustilles, chocolats... J'étais accroupi, à ramasser les croustilles qui avaient glissé sous le canapé, quand j'ai entendu quelqu'un s'éclaircir la voix, tout près. J'ai figé tout net.

— Quel fouillis, Seigneur ! Ils ont tout laissé en plan. On ne lave jamais la vaisselle, par ici ? Dans quelle maison est-ce qu'on est tombées ?

Je retenais mon souffle, immobile.

— Mais quelle fête charmante! a répliqué une seconde voix. Et ce professeur Ricketts, quel homme! Et quelle conversation! Un intellectuel, ça se voit.

— Tu m'étonnes, Dorothée, a repris la première voix. Te laisser courtiser par ce malotru aux joues cramoisies et à la chemise tachée de vin! Même pas de cravate. Seigneur!

— Tu peux parler, Margo. Tu n'avais pas l'air de t'ennuyer toi non plus dans les bras du beau docteur!

— Je n'avais pas le choix! Il ne m'a même pas demandé la permission. J'ai bien essayé de lui donner des coups de pied et de canne, mais il tenait bon, le sacripant.

— En tout cas, je n'ai pas de félicitations à faire à l'hôtesse, a proféré une troisième voix. Piètre ménagère. Le buffet, par contre... J'y aurais bien goûté. Toute la soirée, j'ai eu peur qu'on entende mon estomac crier famine.

Je me suis redressé tout doucement. Personne. En tout cas, personne à part les trois mannequins, qui n'avaient pas bougé d'un poil. «Des mannequins, ça parle pas, Jérémie», ai-je pensé en essayant de rester calme et de chasser de ma mémoire toutes ces histoires de fantômes et de revenants qu'on passe à la télé.

Et si c'était un coup monté? Par ma mère ou par l'un de ses stupides invités? Avec un magnétophone, par exemple. J'ai respiré plus à l'aise. Puis, j'ai fouillé fauteuils et canapés. Rien.

Des haut-parleurs, alors? Cachés dans la bourre et branchés à un micro dans la chambre à coucher de ma mère? L'ennui, c'est qu'aucune des voix ne ressemblait à la sienne. Les trois étaient frêles, chevrotantes. Des voix de vieilles, quoi!

Je me suis approché des mannequins avec un brin d'hésitation. Fouiller des dames, je n'avais jamais fait ça, moi. Et vieilles de surcroît... J'ai commencé par Margo, la plus âgée. Elle était en noir. J'ai soulevé son minuscule chapeau à voilette, puis la perruque. J'ai tâté la canne et le médaillon en argent. Puis, je l'ai fouillée partout, le plus vite que j'ai pu, à cause de ses yeux qui me fixaient avec une drôle d'expression. Comme du dégoût.

Ensuite, je me suis attaqué à Dorothée. La plus jeune et sans contredit la plus belle. Elle portait une marinière et des bottines, un chapeau à plumes et un boa en fourrure. J'ai tout vérifié, même son sac en perles et son fume-cigarette. Toujours rien.

Restait Gaby. Gaby-la-potelée. À l'étroit dans ses chaussures, sa robe à fleurs et son chandail de lamé. Sans parler de la quincaillerie : colliers, bagues, boucles d'oreilles avec perles géantes, fourre-tout, géant lui aussi, et parapluie à fleurs. J'ai commencé par les bras.

Tout à coup, elle s'est mise à rire et à se tortiller. J'ai fait un bond en arrière.

— Ho! Ho! Ha! Ha! Arrête! Je suis tellement chatouilleuse.

— Vous êtes vivante!

Ses lèvres remuaient à peine.

— Est-ce que j'ai l'air d'une morte, par hasard? a-t-elle demandé en riant toujours.

Dorothée a courbé l'échine et Margo a fait la grimace.

— Tu n'as pas pu t'en empêcher, hein? a-t-elle fait. Puis, en se tournant vers moi : Quant à vous, jeune homme, je n'ai pas de compliment à vous faire. Vous en prendre ainsi à des dames âgées. Vous devriez avoir honte!

— Dé-désolé, ai-je bafouillé en reculant toujours, le regard fixé sur ses lèvres. Je c-c-croyais que vous étiez de simples mannequins.

— De simples mannequins! a repris Margo avec une moue dédaigneuse. Qu'est-ce qu'il ne faut pas entendre! À présent, si ce n'est pas trop vous demander, auriez-vous l'obligeance de nous aider à nous redresser? Nous sommes ridicules, ainsi.

Que faire? J'avais peur, mais je persistais à croire qu'on me jouait un sale tour.

— Bravo! ai-je dit en haussant le ton d'un cran. Tout à fait réussi! Qui que vous soyez, montrez-vous! Et lâchez votre stupide micro.

Je n'avais pas terminé ma phrase que j'entendais ma mère ouvrir le robinet de la douche. À l'étage... Donc, les voix, ce n'était pas elle! Les tantes parlaient pour vrai! Je me suis approché du canapé et, du bout des doigts, je les ai redressées du mieux que j'ai pu.

— Trop aimable, a fait Margo, avec sa raideur habituelle.

— Tu t'appelles Jérémie, n'est-ce pas? a demandé Dorothée.

J'ai fait oui de la tête.

— Joli nom. Moi, c'est Dorothée, et voici mes cousines, Gaby et Margo.

— Je-je le sais, ai-je murmuré en tendant la main.

Après tout, j'en avais, moi aussi, des manières. Mais je suis resté la main en l'air. Elles pouvaient bouger, pourtant; je les avais vues hausser les épaules et remuer les doigts. Une vision horrible s'est imposée à moi tout à coup: les trois vieilles se levant du canapé, furetant dans la maison, pénétrant dans ma chambre en pleine nuit...

— Mi-mille excuses, mes-mesdames, m-mais je m-me demandais... euh... M-marchez-vous?

— Marcher? a demandé Gaby en ricanant.

— Avec nos jambes en guenille! a rétorqué Margo.

— Bien sûr que non, a dit très doucement Dorothée. Tu arriverais à marcher sur des jambes pareilles, toi? Et... euh... à propos, puisqu'on en est déjà aux familiarités, serais-tu assez gentil de nous dire où... où... nous sommes? Dans quelle ville, à quelle adresse et, tant qu'à y être, en quelle... année? Juste pour savoir.

— Eh ben, on est au 269, rue Oriole...

Ma mère a fait irruption au salon:

— Salut, Jérémie. Tu causes avec les tantines, à présent? Tu aurais dû voir ça, hier. Elles étaient le clou de la soirée. Mais continue, je t'en prie, je ne voudrais surtout pas t'interrompre. Je préfère encore te voir parler à des mannequins que passer tes journées devant le téléviseur. Le déjeuner est prêt?

Je l'ai suivie à la cuisine comme un automate et je l'ai regardée préparer le thé, faire griller le pain à la cannelle.

— Euh... maman... Tu crois aux esprits, toi?

— Bien sûr que j'y crois. Depuis le temps que je voudrais en rencontrer un ! Tu en as déjà vu un, toi ?

— Le coup des tantines, c'est toi ? Le fait qu'elles parlent, je veux dire...

— Les tantines parlent ? Première nouvelle. Mais quelle idée géniale ! Zut ! J'aurais dû m'arranger pour les faire parler, hier. Imagine !

Elle est redevenue subitement sérieuse :

— Qu'est-ce que c'est que cette histoire ?

J'ai hésité une fraction de seconde. Si je révélais à ma mère l'étendue de son chef-d'œuvre, je pouvais être sûr qu'en moins de deux, la maison serait envahie de mannequins. Cauchemar ! Des douzaines de vieilles assises à la table avec nous, installées dans nos lits, suspendues à notre téléphone, se prélassant dans notre baignoire. Plutôt mourir !

— Je plaisantais, ai-je dit en haussant les épaules.

Ma mère a continué à siroter son thé, visiblement déçue. Après le déjeuner, elle est remontée en haut avec un livre. Je n'avais plus qu'à attendre l'arrivée de Rick.

La fin d'une amitié

On a beaucoup de choses en commun, Rick et moi : une égale passion pour le tennis et la télé, un égal désintérêt pour l'école et les filles. Physiquement aussi, on se ressemble. Si Rick était plus gros et s'il était affublé, comme moi, de lunettes et de taches de rousseur, on pourrait nous confondre. Rick, c'est le diminutif de Ricketts mais à l'école, tout le monde l'appelle Riche, parce qu'il l'est. Il l'est même plus que son père, en fait. Tout ça parce que sa mère a eu la bonne idée de se remarier à un agent de change, ce qui vaut à Rick de posséder un ordinateur, une guitare électrique, un téléviseur et un magnétoscope. Bref, le genre d'individu hautement fréquentable — riche, populaire et... gentil.

— Alors, quoi de neuf, Jérémie ? a demandé Rick en sautant de son vélo.

Je lui ai souri d'un air mystérieux. Enfin

quelque chose qu'il n'avait pas. Trois mannequins qui parlent, ça valait tous les jeux vidéo du monde.

— Attends de voir ! ai-je dit en le précédant dans la maison. Tu en reviendras pas !

— Moi aussi, j'ai quelque chose à t'apprendre. Mais toi d'abord.

— Voilà ! ai-je annoncé, très fier, en pénétrant dans le salon. Regarde. Que vois-tu ?

Il a regardé partout :

— Un salon en désordre et... trois grosses dondons affalées sur un canapé.

— Rick, ai-je prononcé solennellement, j'ai l'honneur de te présenter mes trois tantes : Margo, Gaby et Dorothée. Margo, Gaby et Dorothée, je vous présente Rick, mon copain.

Elles n'ont pas ouvert la bouche. Pas un mot. Pas le plus petit « Enchantée », pas le plus petit « Bonjour ». Rien.

— Tes tantes ? Où les as-tu dénichées ?

— On les a fabriquées, ma mère et moi, pour la fête d'hier.

— Et c'est ça que tu voulais me montrer ?

— Oui *ça*, comme tu dis. Mais tu me croiras pas : elles parlent !

— Tiens donc !

— Je t'assure. Elles m'ont parlé pas plus

tard que ce matin. Elles m'ont dit leurs noms et plein d'autres choses. Et puis, elles bougent. Un peu.

— Leurs noms? Attends, laisse-moi deviner. La grande pimbêche là-bas, a-t-il dit en pointant Margo, doit s'appeler Tante-Acule; la grosse à côté, Tante-Roulotte et l'autre... Wow! celle-là, elle doit sûrement s'appeler Tante-Ation.

— Très drôle. Tu pourrais au moins être poli. On insulte pas les gens comme ça, en pleine face. Faites pas attention, ai-je dit aux tantines. Rick a un sens de l'humour un peu particulier...

Plus Rick se bidonnait, moins j'étais sûr de moi. Et si toute cette histoire était le fruit de mon imagination? Ma mère m'en croyait totalement dépourvu, mais si elle avait tort?

— Et ce que j'ai à te dire, moi, ça t'intéresse pas?

Bien sûr que oui.

Rick a sorti un bout de papier de sa poche.

— J'ai trouvé ça dans une cabine téléphonique. Regarde: c'est écrit « RÉCOMPENSE ». Il y a trois voleurs en fuite, des voleurs de banque. Et regarde là: on donne leur nom et leur signalement. Qu'en dis-tu?

On se lance à leur poursuite ? Allez ! Dis oui !
On est en vacances, on a tout le temps.
Amène-toi. Je vais entrer toutes les informations dans mon ordinateur et on commence.

J'étais drôlement tenté ; ça me changerait
des mannequins.

— Quoi ? ai-je répliqué d'une voix mal
assurée. Il y a ici trois mystérieux mannequins qui arrêtent pas de me faire la conversation depuis ce matin et tu leur préférerais
trois misérables voleurs ?

— Ça te réussit pas, les fêtes, on dirait, a
rétorqué Rick en faisant mine de partir. Téléphone-moi quand tu auras retrouvé tes esprits. Salut !

— Attends, Rick ! C'est pas une blague,
elles m'ont vraiment parlé...

— Marc et Simon, eux, ils aiment ça les
défis. C'est pas comme toi. Je vais les rejoindre. À plus tard.

— Elles PARLENT, je te dis ! Tu me crois
pas et tu te prétends mon ami...

Il a fait un geste de la main avant de quitter la pièce.

— Si c'est comme ça, va les retrouver, tes
abrutis, ai-je hurlé.

Je suis revenu vers les tantes et je les ai
regardées attentivement. Ouais ! Difficile de

croire qu'elles puissent parler. Elles avaient l'air... de ce qu'elles étaient, en somme : trois grosses poupées rembourrées affalées sur un canapé.

— Très franchement, Jérémie, nous commençons à douter sérieusement de tes choix en matière d'amis.

J'ai sursauté.

— Qu-quoi ?

La voix était celle de Margo, du moins il me semblait.

— Le jeune Richard, là, ou Rick, si tu préfères, me semble encore plus dépourvu de bonnes manières que toi.

— Charmant, ai-je dit. Vraiment charmant ! De quoi j'ai l'air, à présent ? Vous m'avez fait passer pour un idiot ! Devant mon meilleur ami, en plus ! Pourquoi vous avez pas ouvert la bouche quand c'était le temps ?

— Quel manque de courtoisie ! a soupiré Dorothée. Je n'en crois pas mes oreilles.

— Les jeunes d'aujourd'hui... a renchéri Margo. Pas le moindre tact !

— Ce n'est pas nécessaire d'alerter le monde entier parce que nous sommes là, a dit Gaby.

— On n'est pas au cirque, a ajouté Dorothée. Et nous avons horreur de nous donner en spectacle. Tout ça doit rester entre nous; c'est un secret.

— Mais Rick aussi pourrait devenir votre ami.

— On ne le connaît même pas, a rétorqué Margo. Est-ce qu'il est honnête, au moins? Fiable? Loyal?

— Évidemment! C'est mon ami, je vous dis! C'était, en tout cas.

— Pour l'instant, nous n'avons pas la moindre envie de partager notre secret avec quiconque et nous aimerions beaucoup que tu en fasses autant.

J'étais donc le seul à pouvoir leur parler! Mais pourquoi moi? Elles ne me connaissaient pas plus que Rick!

— Mais dis-moi, a repris Gaby, en fait de... euh... petites distractions, qu'est-ce qu'on peut faire par ici?

Petites distractions?

— Eh ben, c'est l'été, alors il y a le tennis, les amis, la télé...

— On pensait plutôt à une petite «sortie», a dit Dorothée en époussetant sa marinière. Vois-tu, ces vieux trucs que ta mère a rapportés du théâtre, ce n'est pas exactement notre genre.

— Et puis, c'est l'été, comme tu dis, a approuvé Margo. On a besoin de vêtements plus légers. Au lieu de ces machins en laine... tout juste bons à jeter aux mites. Bref, tout ce dont nous avons besoin, cher Jérémie, c'est de ton aide.

— De mon aide?

Pour les emmener magasiner? Il faudrait les trimballer dans l'autobus. Dans l'ascenseur. Dans l'escalier mobile. Dans les rayons réservés aux vieilles dames.

— Pas question! ai-je dit. J'ai autre chose à faire, figurez-vous!

Je leur ai tourné le dos et j'ai allumé la télé.

Les tantes étaient là pour rester. Ma mère prétendait qu'elles mettaient de l'ambiance et ne voulait pour rien au monde s'en séparer. Moi, je mourais d'envie d'en parler à quelqu'un. Mais l'expérience avec Rick — dont je n'avais plus de nouvelles, d'ailleurs — m'avait au moins appris une chose : quand trois vieilles fantoches se mettent à parler dans votre salon et poussent l'audace jusqu'à vous demander d'aller faire les boutiques avec elles, il est préférable de le garder pour soi. On enferme les gens pour bien moins que ça. Je passais donc mon temps à faire attention. Surtout au tennis, avec les amis. Ce n'était pas facile, croyez-moi. Je n'avais que les tantines en tête : « Margo dit que... » ;

« Dorothée pense que… ». Je préférais encore me taire.

Ou rester avec elles. Ce que je faisais de plus en plus.

— Très cher, parle-nous donc un peu de toi, disaient-elles.

— Rien de spécial, je répondais. Je suis tout ce qu'il y a de plus normal. Moyen en tout. J'ai des goûts très ordinaires, j'aime le tennis, la télé…

— Mmm, répondait Gaby, l'air de dire « Très ordinaire, en effet ».

Je n'osais pas trop les questionner. Je savais qu'elles ne dormaient pas — en tout cas, elles ne fermaient jamais les yeux —, ne mangeaient pas et n'allaient jamais à la toilette. Elles bougeaient la tête et les mains, c'est tout. Et pour la marche, zéro.

— Pourquoi arrivez-vous à faire des tas de trucs, mais pas à marcher ? ai-je fini par leur demander un jour.

— Pour marcher, il faut des orteils, a répondu Margo. Tu arriverais à marcher, toi, avec un moignon à la place des doigts de pied ?

J'ai failli leur proposer de leur coudre des orteils, mais l'idée de les voir fouiner partout ou de s'enfuir m'en a empêché.

Il y avait un tas de choses qu'elles ne connaissaient pas. La télé, par exemple. Je leur ai appris à l'allumer et à l'éteindre et, chaque après-midi, dès que ma mère était sortie, elles regardaient les feuilletons. En maugréant tout le temps, contre les mauvaises manières des personnages entre autres. Les expressions populaires leur plaisaient bien, par contre. À tout bout de champ, j'entendais l'une ou l'autre s'exclamer : « C'est l'enfer ! » ; « Reviens-en ! » ou « Va te faire voir ! ». « Fais de l'air ! » l'emportait sur toutes les autres et, chaque fois qu'elles l'entendaient, elles se regardaient en gloussant de plaisir.

En peu de temps, la télé est devenue une drogue. Comme pour moi. Une drogue qu'elles critiquaient sans arrêt : « Invraisemblable ! » s'exclamaient-elles à tout moment. « Clichés ! » « Non-sens ! » Il était devenu impossible de regarder une émission sans que l'une ou l'autre critique la piètre performance des acteurs, la pauvreté de l'intrigue ou « l'effrayante trivialité » des émissions d'humour.

Elles s'acharnaient particulièrement sur *L'Homme idéal*. Ma préférée. C'était un jeu-questionnaire dans lequel des femmes posaient des questions tordues à des inconnus, du genre « Ouvrez-vous la porte à une dame ? » ou « Qu'est-ce qui vous effraie le plus chez une femme ? ». Moi, ce genre d'émission, ça m'instruit.

Mais elles !

Bla bla bla. Bla bla bla. C'était l'enfer. Je n'arrivais plus à écouter la télé en paix et c'était fini entre Rick et moi...

Fini ?

Sûrement pas. J'allais leur montrer. J'ai pris le téléphone.

— Ici la morgue.

— Rick ? Jérémie. On fait une petite partie ?

— Super ! Rendez-vous au parc dans dix minutes.

Je fouillais dans l'armoire à la recherche de mes chaussures de tennis quand je suis tombé sur un vieil album de photos. Je l'ai ouvert. Sur la première page, les yeux de Margo, de Gaby et de Dorothée me regardaient fixement.

Exigeantes, les tantines!

Je me suis frotté les yeux. Pas de doute, c'était bien elles. Je me suis rué en bas.

— C'est... c'est qui, ça? ai-je demandé à ma mère en lui mettant la photo sous le nez.

Elle a retourné la photo:

— Marguerite, Gabrielle et Dorothée Dermott...

— Elles ont déjà existé! ai-je crié malgré moi.

Ma mère a souri:

— J'imagine, oui. J'ai trouvé ce vieil album chez un antiquaire. C'est la photo qui m'a donné l'idée pour les mannequins. Les noms aussi. Je me suis même inspirée de leurs vêtements. Mais qu'est-ce qui t'arrive? Tu as l'air bizarre.

Je suis remonté et je me suis enfermé dans les toilettes. Pour une découverte, c'en était toute une. Je ne connais rien aux fantômes et je sais encore moins comment s'en débarrasser. Je pouvais toujours enfermer les tantines dans une armoire, mais je voyais ça d'ici : elles hurleraient et donneraient des coups contre la porte. Les vendre ? Ma mère ne me le pardonnerait pas. Les jeter à la poubelle ? D'accord, mais si elles revenaient me hanter ? Les découdre et les vider de leur contenu ? Et si l'opération était douloureuse ? Non. Impossible. Après tout, on était amis, ou on l'avait été...

Et ma mère ? Elle avait peut-être des pouvoirs que je ne soupçonnais pas. Elle était bizarre depuis un certain temps, distraite, inquiète pour un rien, l'esprit ailleurs.

Il ne restait qu'une solution : affronter les tantines et leur faire part de ma découverte.

Je suis redescendu au salon sur la pointe des pieds. Il y régnait le même fouillis habituel : livres, magazines empilés, accessoires de théâtre — particulièrement envahissants ce jour-là. Ajoutez à cela trois mannequins immobiles devant la télé et vous aurez une idée de l'atmosphère particulièrement sinistre qui régnait dans la pièce. Les tantines regardaient *L'Homme idéal*, le volume assez bas pour que ma mère n'entende rien de la cuisine.

Elles m'ont accueilli poliment, mais froidement.

— Bonjour, Jérémie.

Je dérangeais.

— Dieu que tu es pâle! a fait remarquer Dorothée. Aussi pâle qu'un fantôme!

— Il faut que je sache, ai-je dit fermement en sortant la photo de ma poche. Qui êtes-vous, qu'est-ce que vous fichez ici et pourquoi ne retournez-vous pas d'où vous venez?

En fait de mauvaises manières, il était difficile de faire mieux, mais elles étaient bien trop intéressées par la photo pour songer à m'en faire la remarque.

— C'était juste avant l'incendie, rappelez-vous, disait Gaby. Je me souviens d'avoir senti une odeur de fumée pendant qu'on discutait avec le photographe.

— Quel incendie? ai-je demandé, la gorge serrée. Vous voyez pas que vous êtes mortes? Toutes les trois?

Margo a daigné lever les yeux sur moi:

— Et alors?

— Vous vous rendez pas compte! Ça veut dire que... que vous êtes des revenantes!

— Ça t'étonne? Mais qu'est-ce que tu pensais qu'on était? a demandé Dorothée en gloussant. De vulgaires mannequins ?

— Allez-vous-en ! ai-je ordonné. Fichez le camp d'ici. Au plus vite !

— Mais de quoi as-tu peur, au juste ?

— Et qu'est-ce que ça change ? a renchéri Dorothée.

— Ça vous fait rien d'être des esprits, d'être mortes ? Ça vous fait pas peur ?

— Qu'est-ce qui nous dit que tu n'es pas un esprit toi-même ?

— Jamais de la vie ! Je suis bien réel, moi.

— Réel, toi ? « Idéal », tant qu'à y être ? Comme à la télé ?

— Une minute ! J'ai rien à voir avec la télé. Je suis vivant, un point c'est tout. Mais vous autres, on vous a fabriquées de toutes pièces et c'est pas parce que vous avez déjà existé que vous existez encore. Puis, reprenant mon souffle : Mais au fait, comment avez-vous fait pour ressusciter ?

— Aucune idée, a répondu Gaby en secouant la tête. C'est un mystère pour nous aussi.

— Ma mère y est pour quelque chose ?

— Pas que je sache, a répondu Dorothée. Tandis que toi... Tu es peut-être doué de pouvoirs surnaturels...

— Jamais de la vie !

J'étais consterné. Mais au fond, qu'est-ce que ça changeait que les tantines soient ou non des fantômes ?

— Qu'est-ce qu'on fait, à présent ?

— Rien, pourquoi ? a demandé Margo. On est bien ici. Le canapé est confortable, la télé divertissante et...

Sa voix s'est brisée.

— Ce que Margo essaie de dire, a enchaîné Dorothée, c'est que nous sommes en train de nous attacher, Jérémie.

— Pour quelqu'un de soi-disant réel, tu n'es vraiment pas mal, a terminé Gaby en m'adressant un clin d'œil.

Je me suis senti rougir jusqu'à la racine des cheveux.

— Allez vous faire voir ! ai-je dit, et tout le monde a éclaté de rire.

— À propos de cette excursion dans les boutiques..., a risqué Dorothée.

— Oubliez ça. C'est absolument hors de question.

Je suis monté à la chambre de ma mère et j'ai composé le numéro de Rick. Curieux comme il l'est, il tiendrait absolument à voir la photo.

— Ici la morgue...

— Salut, c'est Jérémie. Je sais que tu me crois pas à propos des tantes, mais j'ai du nouveau : les tantes ont réellement...

— Ça fait une heure que je t'attends au tennis, m'a interrompu Rick. Où étais-tu passé ? Tu jouais à cache-cache avec les poupées ?

— Désolé. J'ai pas vu passer l'heure. Mais j'ai fait une drôle de découverte, mon vieux. Le mystère s'épaissit autour des tantes ; avec un peu d'aide, j'arriverais sûrement à...

— L'aide, tu l'as chez toi, Jérémie. Surmené comme tu l'es, tout ce qu'il te faut, c'est un peu de dé-tantes. Ah, ah, ah...

— Tu te penses drôle ? Tant pis pour toi, je te dirai plus rien ! ai-je crié en raccrochant.

Je suis redescendu au salon.

— À propos des vêtements d'été...

Le sourire de Dorothée s'est épanoui d'un seul coup :

— Je me disais bien aussi... Alors, c'est décidé, tu nous emmènes ?

— Mais vous êtes très bien comme ça.

— Cher enfant, est intervenue Margo. Qu'est-ce que tu fais de l'hygiène ? Tu porterais les mêmes vêtements jour après jour, toi? Sans parler des convenances. Il faut qu'on se change, voilà tout.

— Je pourrais vous en trouver, moi, des vêtements d'été. J'ai plein de shorts. J'en ai une paire arc-en-ciel, une autre couleur melon d'eau. Ils sont trop étroits, justement. Mon vieux survêtement gris ferait très bien l'affaire aussi. Ou le collant léopard de ma mère...

Les tantines contemplaient le plafond en pianotant distraitement.

— Tout ce que je possède, c'est 9,82 $. Mon entreprise de tonte de gazon n'est pas particulièrement florissante.

— 9,82 $? s'est exclamée Dorothée. Une fortune!

— C'est plus comme dans votre temps, ai-je cru bon de leur faire remarquer. Avec 9,82 $, on peut même pas acheter une paire de gants. Et puis, de toute façon, si j'avais de l'argent, c'est pas des vêtements que j'achèterais, c'est un vélo.

— L'argent n'excuse pas tout, a dit Margo sur un ton de reproche. Ce n'est pas parce que tu es riche que tu peux te permettre tous les sarcasmes.

Elle a baissé le ton en mettant un doigt sur sa bouche:

— Nous... nous avons surpris une petite

conversation entre ta mère et... peu importe. Nous croyons savoir qu'elle ne roule pas sur l'or et que les fins de mois sont... euh... plutôt pénibles. Son théâtre aussi semble éprouver quelques difficultés à joindre les deux bouts. C'est pourquoi nous faisons appel à toi, Jérémie, pour que tu nous aides en ces temps... difficiles.

Et quoi encore?

— Quelle belle aventure ce serait, a gémi Gaby. Penses-y un peu, Jérémie. On en meurt d'envie.

— Je t'en prie, suppliait Dorothée. Une toute petite, petite sortie. Dans une toute petite, petite boutique. Rassure-toi, nous n'avons pas la moindre intention de nous donner en spectacle.

— Bon, ai-je prononcé lentement. On pourrait aller *Chez Rose*. C'est une boutique de vêtements anciens et c'est pas loin. Mais je vous avertis: j'ai même pas dix dollars. Et sur ma vieille bécane, je peux pas toutes vous emmener. C'est à prendre ou à laisser. On commence par qui?

« Pas par Gaby, j'espère, ai-je pensé avec effroi. Mes pauvres pneus tiendront jamais le coup. »

Margo s'est proposée spontanément : « En

tant qu'aînée, on me doit bien ça », disait-elle. Mais c'est Dorothée qui a finalement été désignée. « Parce qu'en matière de goût et de mode, ont décrété Gaby et Margo, elle est championne. » Margo a dressé une liste de leurs mensurations respectives en maugréant contre sa gaucherie :

— Comment voulez-vous écrire décemment avec des gants? Et moi qui avais une si belle écriture !

Dès que ma mère s'est éclipsée de la maison, j'ai chargé Dorothée sur mes épaules et je l'ai installée dans le panier, à l'avant de la bicyclette. Je l'ai calée contre moi en coinçant sa tête sous mon menton. Ses jambes pendaient mollement de chaque côté de la roue avant. Elle n'arrêtait pas de gigoter tellement elle était excitée.

— Pas si vite, criait-elle en riant. J'ai le vertige.

C'était la première fois qu'elle montait à vélo.

— C'est fou ce que la ville s'est transformée. C'est à peine si je reconnais les lieux.

De surprise, j'ai failli emboutir un autobus.

— Quoi? Vous habitiez près d'ici?

— Bien sûr. Dans une charmante petite maison, rue Duke. Gaby et Margo habitaient un peu plus loin, rue Scott. Qu'est-ce que tu croyais ? Que les fantômes venaient d'ailleurs ? De contrées lointaines et inaccessibles ? a-t-elle ajouté en s'étranglant de rire.

— En plein ça. Jusqu'à aujourd'hui, du moins.

Par curiosité, j'ai fait un léger détour par la rue Scott. Au lieu de la maison qui aurait dû se trouver là, il y avait un immense magasin à rayons et un édifice à bureaux.

— Il y avait une jolie rangée d'arbres, a soupiré Dorothée. Et à la place de l'arrêt d'autobus, il y avait une haie. Dans le temps, je coupais par là pour aller retrouver Gaby et Margo. Bon. C'est fini tout ça. Passons à autre chose.

C'était tellement réel, la rangée d'arbres, la haie... Ou alors, c'est moi qui devenais irréel.

Je suis passé par les rues secondaires pour éviter d'être vu, surtout de Rick. On est arrivés sans encombre à la boutique. Au lieu de ranger mon vélo, j'ai voulu épater Dorothée et je me suis livré à deux ou trois manœuvres un peu compliquées. Ce qui devait arriver arriva : surgi de nulle part, un grand policier roux m'a fait signe de descendre. J'ai obtempéré et je me suis approché de lui, en faisant l'impossible pour cacher Dorothée.

Escapade nocturne

— Deux sur une bicyclette, c'est illégal, a déclaré l'agent. Et les acrobaties en pleine rue sur une vieille bécane, ça aussi, c'est interdit. Dis à ta copine de descendre.

— Euh... impossible, ai-je dit. Désolé. Je... euh... l'emmenais là, ai-je ajouté en montrant la boutique.

— Descendez! a ordonné l'agent en s'adressant à Dorothée.

Tout à coup, il est devenu aussi rouge que ses cheveux :

— Oh! Mille excuses. Je disais ça pour rire, a-t-il marmonné. Cette idée de se balader avec un mannequin, aussi. Dépêche-toi de faire vérifier ta bicyclette, sinon je me charge de la mettre hors circuit la prochaine fois que je te rencontre. Compris?

Il a disparu sans demander son reste, en regardant autour de lui pour s'assurer que personne ne l'avait vu parler à une poupée.

— Il a vraiment cru que j'étais vivante, s'est esclaffée Dorothée. Tu l'as entendu ? « Descendez ! » J'ai failli lui dire d'aller se faire voir.

J'ai transporté Dorothée à l'intérieur de la boutique. L'unique lumière provenait des larges vitrines qui proposaient aux passants chapeaux et bijoux anciens. Il y avait un tel encombrement sur les présentoirs que c'est tout juste si on arrivait à se déplacer. Dorothée a gloussé de plaisir.

— Chut !

Une femme a raccroché le téléphone et s'est approchée :

— Bonjour. Rose, pour vous servir. Mais qu'est-ce que tu m'apportes là ? Un mannequin ? Génial ! Il serait superbe dans la vitrine. Je pourrais lui mettre tous mes chapeaux, même la nouvelle robe que je viens de recevoir. Tu me le laisses à combien ?

J'ai senti Dorothée ramollir dans mes bras.

— Elle est pas à vendre, ai-je dit fermement. Je viens seulement lui acheter des vêtements.

— À elle ? a fait Rose, étonnée. Bon. Comme tu voudras. Si tu changes d'idée, je te la loue une semaine pour... mettons vingt dollars...

— Vingt dollars?

J'ai avalé péniblement.

— Juste pour la laisser dans la vitrine?

— Oui.

— J'accepte, ai-je dit. Elle s'appelle Dorothée.

— C'est mon jour de chance, a dit Rose. Ma semaine aussi. J'étais sur le point de fermer boutique — les affaires allaient trop mal —, mais l'édifice a été vendu et les nouveaux propriétaires ont coupé le loyer de moitié. Ils sont trois et veulent refaire le sous-sol, ou quelque chose du genre.

C'était mon jour de chance à moi aussi. Vingt dollars! J'ai signé le reçu et je me suis précipité dehors, sans un regard pour Dorothée.

* * *

— Quoi?? Tu as «loué» notre cousine? s'est écriée Margo.

— Pour une bouchée de pain? À une marchande de vieilles nippes? a renchéri Gaby.

— Pensez à l'argent, ai-je protesté. Vingt dollars, juste pour passer une semaine dans une vitrine de magasin. Ça va la changer un peu de voir d'autres gens. Et puis, vous pourriez la remplacer à tour de rôle. L'argent, ça pousse pas dans les arbres.

Je croyais entendre ma mère.

— Une semaine ! a glapi Gaby. Pauvre, pauvre Dorothée !

— Elle me manque déjà. Quel sans-cœur !

Moi, sans-cœur ? Alors que j'étais le seul à en avoir un, un vrai ! Pour mettre fin aux discussions, je leur ai promis d'aller voir Dorothée chaque jour.

Le lendemain, j'avais oublié ma promesse. Mais deux jours plus tard, en passant devant la boutique, je me suis arrêté : Dorothée était là, assise sur une berceuse ancienne, l'air hébétée mais très élégante dans sa robe jaune. Quand elle m'a aperçu, ses yeux se sont allumés et ses doigts ont bougé : elle me faisait signe d'entrer.

Je lui ai adressé un pauvre sourire en montrant quatre doigts : quatre jours à tirer avant la libération. « L'argent, ai-je murmuré, pensez à l'argent. »

En me retournant pour partir, j'ai vu qu'on m'observait : le policier roux de l'autre jour. J'ai déguerpi en vitesse avant qu'il ne m'interpelle.

Ma mère m'a accueilli à la porte, consternée :

— Mauvaise nouvelle, Jérémie : Dorothée a disparu.

— Non, non, je sais où elle est. Je... je lui ai fait prendre l'air...

— Tu n'es pas un peu jeune pour faire prendre l'air à une vieille dame ?

J'ai haussé les épaules sans répondre et j'ai allumé la télé dans l'espoir qu'elle me laisserait seul avec Gaby et Margo. Pensez-vous ! Je n'étais pas sitôt assis qu'elle s'est amenée. Je me suis emparé d'un magazine et j'ai fait semblant de lire. Un magazine de mode ! Zut ! Je l'ai remis en place brusquement.

— Et où est-ce que tu l'as amenée prendre l'air, comme ça ? Chez Rick, je suppose ? Tout compte fait, le salon a l'air plus grand avec un mannequin en moins. On pourrait peut-être s'en débarrasser. Qu'en dis-tu ? Ou les vendre. Ça nous ferait un peu d'argent.

— Les vendre ? Jamais ! !

— Pense à l'argent, Jérémie. Pense à la nouvelle bicyclette que tu pourrais t'acheter.

— Pas question ! Si elles quittent la maison, je la quitte aussi. Tu peux pas...

— D'accord, d'accord, n'en parlons plus. Je ne savais pas que tu t'étais autant attaché à elles. Si tu les préfères à un vélo...

À mon grand soulagement, elle a fini par

partir. Regard en biais vers les tantines. Je m'attendais à de la reconnaissance, de la gratitude...

— Pas besoin d'avoir peur, ai-je dit. Jamais on vous vendra.

— Bien sûr que non, a dit Gaby. C'est beaucoup plus rentable de nous louer à d'immondes boutiques de vêtements !

Pour faire diversion, je leur ai parlé de ma visite à Dorothée.

— Pas trop tôt, ont-elles répondu, les lèvres pincées. Comment va-t-elle ?

— Elle a pas l'air gaie...

— Tu ne lui as même pas parlé ? s'est insurgée Margo. Gaby et moi, on est mortes d'inquiétude et tu n'as même pas pris la peine de lui parler ? Dorothée n'est jamais restée seule aussi longtemps. À l'heure qu'il est, elle doit être complètement... Il faut la ramener au plus vite, tu m'entends ?

— Impossible. La boutique est fermée à cette heure et, de toute façon, j'ai signé pour une semaine. Vous voulez de nouveaux vêtements, oui ou non ?

— Jérémie ! Qu'importe les vêtements quand la vie de notre cousine est en jeu ! Il faut agir immédiatement ! Tu veux qu'on le fasse à ta place ?

Je nous voyais déjà : deux mannequins au lieu d'un dans mon panier.

— Mon vélo tiendra jamais le coup.

— Nous avons déjà réglé ce petit détail, a rétorqué Margo. Tu vas installer Gaby dans le... dans le panier. Quant à moi, je m'installerai à l'arrière de ton tas de ferraille. Si c'est le prix à payer pour sauver Dorothée ! Vers minuit, les rues devraient être désertes...

— Sauver Dorothée ? Quel danger voulez-vous qu'elle coure ? Une poupée de chiffon dans une vitrine de magasin ! Et puis, j'ai pas d'ordres à recevoir de vous. Vous êtes pas mes vraies tantes !

J'ai vu le parapluie de Gaby trembler et, malgré moi, j'ai fait un bond de côté.

— Mets-toi bien ceci dans la tête, Jérémie : s'il arrive la moindre chose à Dorothée, nous t'en tiendrons entièrement responsable. Après tout, c'est toi qui l'as entraînée là-bas.

— C'est vous qui vouliez aller là-bas ! Vous et vos histoires de vêtements ! J'aurais jamais dû vous écouter. Mais on va y aller, si vous y tenez tant que ça. Vous verrez bien qu'elle a rien, votre fichue Dorothée !

* * *

Mon réveil a sonné à 1 heure du matin.

Noir complet dans la chambre. Dehors, tout avait l'air calme et désert. Je suis descendu sur la pointe des pieds. Margo et Gaby étaient prêtes à partir, l'une armée de sa canne, l'autre de son parapluie. Armées pour quoi, sapristi?

Je les ai transportées dehors et je les ai installées sur mon vélo. C'est drôle à dire, mais je me sentais rassuré en leur présence. Pas seulement rassuré, excité aussi. Et cette fois, j'étais sûr de ne pas tomber sur le rouquin.

C'est un vrai fantôme qu'on a trouvé Chez Rose. À la lueur des réverbères, Dorothée avait un teint de craie, l'œil terne et sans vie. Quand elle nous a aperçus, elle a commencé à s'agiter:

— À l'aide! À l'aide!

La voix nous parvenait à moitié étouffée.

— Elle va perdre connaissance, a dit Gaby.

— J'en étais sûre, a gémi Margo. Vite, Jérémie. On entre.

— Ah oui! Et comment? En défonçant la porte, peut-être?

— Défoncer? Sûrement pas! Il existe bien d'autres moyens d'ouvrir une porte, jeune homme, surtout une vieille porte comme celle-là. Margo, prête-moi une de tes épingles à cheveux, je te prie.

Je l'ai regardée faire, médusé. Elle a pris

l'épingle à cheveux, l'a introduite délicatement dans le trou de la serrure, a tourné à droite, tiré : la porte s'est ouverte comme par enchantement.

— Bingo ! a-t-elle déclaré, satisfaite.

— Mais comment vous avez fait ? !

— La télé, jeune homme, la télé.

— Mais qu'est-ce que tu attends, Jérémie ? Fais-nous entrer.

— On peut pas, c'est illégal...

— Trouillard, va !

Je me suis exécuté.

Trois hommes et un mannequin

Dans la pâle lueur des réverbères, les présentoirs à vêtements avaient l'air de vieux fantômes décapités.

— Dorothée, ont soufflé Margo et Gaby. On est là.

Je me suis approché de la vitrine avec mon précieux fardeau. Dorothée s'est effondrée sur nous en sanglotant. On est tous tombés à la renverse : fouillis inextricable de bras, de jambes et de mots étouffés.

— Enfin, sanglotait toujours Dorothée. Vous avez fini par venir ! Vite, ramenez-moi à la maison, je vous en supplie ! J'ai bien essayé d'être brave, mais avec ces trois spécimens armés de pieux et de marteaux qui n'arrêtent pas de creuser en bas...

— Elle divague, la pauvre, a dit Gaby en serrant Dorothée contre elle.

— Elle a perdu la raison, a confirmé Margo. Pas étonnant. Seule dans le noir depuis si longtemps.

— Je n'ai rien perdu du tout, a rétorqué Dorothée. Trois types viennent ici chaque nuit...

Et elle nous a tout raconté. Chaque soir, passé minuit, trois hommes s'introduisaient dans la boutique et se rendaient directement dans la cave avec leur coffre à outils. Jusqu'au petit matin, Dorothée les entendait cogner, défoncer, creuser. Après quoi, ils repartaient comme ils étaient venus, dans le plus profond silence.

— Au début, j'ai vraiment cru que c'était des fantômes. Mais le second soir, ils m'ont vue et ont pris peur. L'un d'eux s'est amené avec son marteau et j'ai vu l'instant où j'allais me faire assommer. Une fois tout près, il a poussé un immense soupir de soulagement : «Un mannequin, a-t-il dit. Un vulgaire mannequin.»

— Voyous! s'est exclamée Gaby. Misérables voleurs! Pauvre Dorothée!

— Qui vous dit que c'est des voleurs? C'est peut-être les propriétaires. Rose nous a dit que les trois nouveaux propriétaires refaisaient la cave, vous vous rappelez pas? Bon, à présent, on fiche le camp d'ici.

— Drôles de propriétaires! a rétorqué Gaby. Les propriétaires ne travaillent pas la nuit, que je sache. Si tu veux mon avis, ce sont des escrocs.

— Des escrocs? Dans une cave? Avec des marteaux?

— Parfaitement! Ils cherchent quelque chose, un trésor, sans doute. L'imagination te fait douloureusement défaut, mon cher Jérémie.

— De quoi ont-ils l'air? a demandé Margo.

— Avec leurs chapeaux et leur col remonté jusqu'aux oreilles, je n'ai pas vu leur visage.

Je me suis figé tout d'un coup:

— Vous... vous rappelez-vous le jour où Rick est venu à la maison? L'af-l'affiche dans la cabine téléphonique?

Au même moment, on a entendu un bruit de clé dans la serrure. Trois silhouettes se sont dressées dans l'encadrement de la porte.

— C'était même pas fermé, a fait une voix. Pas très prudente, la vieille Rose. Heureusement qu'on termine le boulot cette nuit. On emporte le butin et on disparaît. Ni vu ni connu.

Ils sont descendus directement à la cave.

Une seconde plus tard, le bruit des marteaux nous arrivait d'en bas.

Tout tremblant, je suis sorti de derrière les manteaux et j'ai rejoint les tantines.

— Fichons le camp d'ici !

— Ficher le camp ? Mais pourquoi ? a soupiré Gaby. Un peu de nerfs, que diable ! Il y a trois escrocs dans la boutique et tout ce que tu trouves à dire, c'est « Fichons le camp d'ici ! ».

— Au cas où vous l'auriez pas remarqué, des nerfs, je suis le seul à en avoir. Alors faites ce que vous voulez, mais moi, je m'en vais. J'ai pas envie d'y laisser ma peau.

Sur ce, je me suis levé. Le plancher a craqué. Je me suis rassis aussi vite.

— Quel trouillard ! a dit Gaby. Quant à l'esprit chevaleresque, n'en parlons pas. Sauver trois pauvres femmes d'une mort certaine, voilà qui pourrait te faire grandir, Jérémie. Où est passé ton courage ?

— Facile à dire quand on est en chiffon ! Si les trois moineaux nous trouvent ici, ils vont s'en prendre à qui, vous pensez ? Vous, vous risquez rien. On peut vous réparer, vous recoudre des bras, des jambes. Tandis que moi... Salut !

— Admettons, a convenu Margo. C'est

vrai qu'il est normal d'avoir peur à un moment pareil. Dorothée a peur, elle aussi. Gaby a l'air désinvolte, comme ça, mais c'est pour se donner du courage. N'est-ce pas, Gaby? Même moi, je ne suis pas tout à fait à mon aise, c'est tout dire. Mais ce n'est pas une raison pour prendre la poudre d'escampette. Restons calmes et réfléchissons à ce que nous allons faire.

— C'est tout réfléchi : je me tire.

— Capturer des escrocs, ça ne te dit rien?

— Peut-être, ai-je dit après un moment. Mais soyons réalistes : les gars en bas vont nous entendre si on appelle les flics. Le téléphone est juste à côté de l'escalier de la cave. On peut pas les enfermer là non plus ; avec leurs outils, ils vont défoncer la porte en moins de deux. Admettons qu'on réussisse à prévenir les flics. On leur dit quoi? Qu'on était ici en visite pour prendre le thé? On peut même pas s'enfuir tous les quatre ensemble. Et puis, qu'est-ce qu'on va dire à Rose quand elle va s'apercevoir que Dorothée n'est plus dans sa boutique?

— Pas question de laisser Dorothée ici, en tout cas.

— Rose va prévenir la police. Et qui croyez-vous qu'on va soupçonner en premier?

Mais les tantes avaient raison, il fallait faire quelque chose. Et vite. Sinon Rose allait se pointer au matin et nous trouver là.

J'avais des fourmis dans les jambes et une seule envie : fuir. Mais j'en avais plus qu'assez de me faire traiter de trouillard. Je me suis donc rangé à leur idée.

Leur plan était relativement simple : Margo, postée près du téléphone, ferait le 9-1-1.

— Ça va me changer un peu de parler à quelqu'un d'autre qu'à toi, m'a-t-elle déclaré charitablement.

Gaby, qui avait fait du chant dans sa jeunesse — alto, mais aussi ténor quand il n'y avait pas assez d'hommes —, avait pour mission de verrouiller la porte de la cave au moment voulu et de faire patienter les trois hommes derrière jusqu'à l'arrivée de la police. Comment ? En jouant les revenantes et en leur déclarant avec sa voix d'outre-tombe : « Inutile d'essayer de vous échapper, vous êtes cernééééééés... » Dorothée ferait le guet à la fenêtre et moi, j'irais chercher de l'aide.

Nous avons attendu l'aube avec, comme unique bruit de fond, celui des marteaux qui s'activaient en bas. Que faire, sinon parler du passé ? De leur passé à elles, bien sûr. J'ai donc appris qu'elles ne s'étaient jamais mariées, qu'elles avaient continué à vivre dans la maison familiale, même après la mort de leurs parents, et n'avaient jamais occupé d'emploi.

Mais elles s'occupaient, ça oui : Margo cousait et jardinait ; Gaby chantait et lisait à s'en arracher les yeux — des romans d'espionnage, surtout — et Dorothée fréquentait assidûment les boutiques et les théâtres, où elle entraînait d'ailleurs ses nombreux cavaliers.

Mais si elles croyaient me rassurer avec leurs confidences, c'était raté. C'était même tout le contraire.

Sans doute pour me distraire, les tantines m'ont demandé ce que je voulais faire plus tard. Policier ? Joueur de tennis professionnel ? Comment savoir ? Pour l'instant, tout ce que je voulais, c'était retrouver mon lit.

— Moi, mon rêve aurait été d'avoir un enfant, a murmuré Margo.

Un enfant ? Et de quoi aurait-il l'air ? D'une poupée de chiffon ?

— Pas un enfant à moi, bien sûr. Grand Dieu, s'il fallait ! Je ne suis pas mariée. Mais un neveu, par exemple. Que je pourrais éduquer, influencer, pour en faire un citoyen adulte et responsable. Mon rêve s'est réalisé, on dirait, a-t-elle ajouté en me regardant de travers.

— Ce qui veut dire?

— Qu'elle parle de toi, a dit Gaby. Pas très vite sur tes patins, Jérémie!

Moi, le neveu de Margo? Pourquoi pas, au fait? Je la considérais bien comme ma tante.

— L'aube est presque là, a murmuré Dorothée.

Le ciel pâlissait, en effet.

— Secoue-toi un peu, Jérémie. Et installe-nous, que diable!

J'ai transporté Gaby — et l'épingle à cheveux — près de la porte de la cave. Chemin faisant, j'ai heurté un présentoir à chapeaux qui a chancelé et... Aucun bruit. Gaby s'était jetée par terre et les chapeaux étaient tombés sur elle. Je n'ai pas pu m'empêcher de crier.

— Chut! Ce n'est pas le moment de tout faire rater. Ramasse-moi et en vitesse!

Je l'ai appuyée contre le mur et, centimètre après centimètre, j'ai refermé la porte de la cave. En me déplaçant pour récupérer Margo, j'ai fait craquer le plancher. «Ça marchera jamais», ai-je pensé en l'installant près du téléphone. Je lui ai mis le fume-cigarette de Dorothée entre les mains pour l'aider à composer le numéro et je me suis posté à la fenêtre.

— Jérémie! a soufflé Dorothée. Le boucan est fini, en bas. Vas-y!

Terminé, le boucan? Alors ce raffut de tous les diables, c'était quoi? Mon cœur! Les battements de mon propre cœur!

Je me suis précipité dehors en courant. J'étais libre! Sain et sauf, en plus! À présent, il me restait à aller chercher de l'aide et à revenir à la boutique récupérer les tantes. Ou... à rentrer tranquillement chez moi en les laissant se débrouiller toutes seules.

Au moment où j'empoignais mon vélo, une voiture de police a débouché d'une rue voisine. Le conducteur m'a vu. Pas de chance. Je n'avais pas d'autre choix: j'ai agité les bras à son intention. Le policier a stoppé la voiture. C'était le grand rouquin, encore et toujours.

Sauvetage

— Encore toi ! s'est exclamé le policier.

— Suivez-moi, vite ! Il y a des cambrioleurs dans la boutique.

— Toi, tu me suis, d'accord ? Monte dans la voiture.

Qu'allait-il faire de moi ? M'emmener au poste ? Me jeter en prison ?

— Je faisais une balade en vélo, ai-je marmonné une fois installé sur la banquette arrière. En passant devant *Chez Rose,* j'ai vu la porte ouverte. J'ai entendu de drôles de bruits à l'intérieur, des marteaux, je crois. Alors je me suis dépêché de prévenir les flics... la police, je veux dire...

Il a aussitôt envoyé un message radio avant de stationner la voiture devant la banque voisine. Une seconde auto-patrouille est arrivée presque aussitôt.

— Toi, tu attends ici, m'a-t-il dit. S'il y a des coups de feu, tu te couches au fond de la voiture, compris?

Pas question! Maintenant que la police était sur les lieux, il fallait à tout prix faire sortir les tantes de la boutique. Pour une raison bien simple: elles étaient la preuve «vivante» de mon passage. Je me suis faufilé à l'intérieur.

J'ai installé Gaby à l'avant du vélo, Margo à l'arrière, Dorothée sur le guidon et j'ai foncé vers la maison. Chemin faisant, elles m'ont relaté la scène: la police avait fait irruption dans la boutique, enfoncé la porte de la cave et filé tout droit en bas sans même remarquer leur présence.

En arrivant près de la maison, j'ai entendu un énorme PAOW! derrière moi. Bientôt suivi d'un second.

— Zut! Ils sont à nos trousses! Ils nous tirent dessus!

— Tu hallucines, ou quoi? Ce sont les pneus, grand nigaud.

En effet. Crevés. À plat. Tout comme moi.

À la maison, j'ai installé les tantines sur le canapé et je suis monté à ma chambre. Je me suis affalé sur mon lit sans me déshabiller.

Quand j'ai ouvert les yeux, j'ai poussé le

bouton du réveil un certain temps avant de m'apercevoir qu'il ne sonnait même pas. Il indiquait 16 h 12. Le soleil entrait à flots par la fenêtre. Une voiture inconnue était stationnée devant la maison. Les flics! Ils avaient fini par me retrouver! Que faire? Fuir? Sur un vieux vélo avec deux pneus crevés? À pied? Avec les jambes molles? Me livrer? Pourquoi pas? La prison n'était peut-être pas si terrible, après tout. Il y avait la télé, de la nourriture à profusion et pas de devoirs à faire.

Je suis descendu, résigné. Rose était attablée avec ma mère.

— Le voilà, a dit ma mère.

— Toutes mes félicitations, a dit Rose. On vient de me dire que tu as aidé à capturer les trois voleurs. La police était dans la boutique quand je suis arrivée ce matin. Ils m'ont demandé ton adresse. Pour la récompense, je suppose.

— Une récompense? Pour moi? Combien?

— Une grosse, sûrement. Au moins cent dollars, en tout cas.

— Wow!

Je voyais déjà mon vélo tout neuf, la tête de Rick...

— Le plus drôle, a poursuivi Rose, c'est que les voleurs ont pris ton mannequin. C'est pour ça que je suis ici. Je suis affreusement désolée. Ils n'ont rien pris d'autre. Tiens ! Cent dollars, ça t'irait ? Ce n'est pas beaucoup pour Dorothée, mais...

Je regardais la main tendue, les deux billets de cinquante dollars. Tentant, évidemment. Mais Dorothée était bel et bien assise au salon. J'ai refusé.

Rose partie, ma mère m'a regardé bizarrement :

— Corrige-moi si je me trompe, Jérémie, mais il me semble que ce n'est pas dans tes habitudes de pourchasser des voleurs et de te balader en vélo avec des mannequins à 4 heures du matin. Il se passe des choses bizarres depuis un bout de temps. Dorothée disparaît et réapparaît mystérieusement — affublée d'un ensemble moutarde d'un goût plutôt douteux, soit dit en passant. Qu'est-ce qui se passe, au juste ?

Je me suis mordu les lèvres.

— Il faut qu'on parle, Jérémie. Je te trouve soupçonneux, méfiant... Tu as des ennuis ?

— Je t'expliquerai plus tard, d'accord ?

Sur ce, j'ai mis le cap sur l'escalier et je suis allé dans la chambre de ma mère pour téléphoner à Rick.

— Ici la morgue.

— Rick ? Tu devineras jamais. La nuit dernière, j'ai capturé les trois voleurs de banque avec l'aide des tantines et je vais toucher la fameuse récompense. Alors, si j'étais toi, je m'amènerais ici en vitesse pour leur présenter mes excuses. Elles sont toutes prêtes à te par...

— ... ou laissez votre nom et un court message après la tonalité, disait la voix de Rick.

Zut !

En revenant au salon, j'ai vu ma mère qui allumait la télé pour les nouvelles.

— Mieux connus sous le nom des frères Banks, les trois voleurs ont été appréhendés très tôt ce matin au moment où ils s'apprêtaient à cambrioler une autre banque, dans notre ville.

À l'écran, trois hommes en imperméable et feutre montaient à bord d'une voiture, escortés par la police.

— Édouard, alias Eddy, Arsène et Mortimer Banks, bien connus chez nous à cause de leur longue carrière de cambrioleurs, ont été pris sur le fait au moment où ils tentaient de pénétrer dans la banque par un tunnel creusé dans le sous-sol d'une boutique voisine. Une dame d'un certain âge, assise sur le porte-bagages d'une bicyclette... euh... (le journaliste consultait ses notes, confus)... assise sur le porte-bagages d'une bicyclette, dis-je, a été aperçue par un promeneur matinal, mais aucun indice sérieux ne permet de croire à la présence de complices. Les frères Banks ont été capturés grâce à la précieuse collaboration d'un jeune homme qui passait par là à ce moment et qui a alerté la police.

— Mon Jérémie ! a déclaré fièrement ma mère.

J'ai souri, rougi. Message publicitaire.

— Tu es un héros, à présent, a dit ma mère en se dirigeant vers la cuisine.

— J'avais oublié... ai-je dit aux tantines en regardant le bout de mes chaussures : Rose, la dame de la friperie, prétend qu'on va me décerner une récompense. C'est... euh... c'est plutôt à vous qu'elle revient. Parce que, sans vous, les frères Banks se seraient tirés avec le magot. J'ai rien fait, moi...

Gaby a failli s'étrangler de rire :

— Tu n'y penses pas ? Donner ta récompense à trois poupées de chiffon... C'est à mourir de rire !

— Vu comme ça...

— Chut ! a fait Dorothée, le regard tourné vers le téléviseur.

— Mesdames et messieurs, nous apprenons à l'instant que les frères Banks sont de nouveau au large. Ils ont échappé à la surveillance de la police une heure à peine après leur capture. On nous informe également que la banque où ils ont essayé de s'introduire a bel et bien été cambriolée, que les malfaiteurs auraient fui vers l'ouest à bord d'une motocyclette volée et que la police aurait perdu leur trace peu après, à proximité d'un pont. Les frères Banks sont réputés armés et dangereux.

— Juste ciel ! s'est écriée Margo. Ils ne manquent pas d'audace, les sacripants !

— De culot, tu veux dire, a rectifié Gaby.

— Il faudrait en savoir plus, a dit Dorothée. Comment voulez-vous qu'on intervienne avec aussi peu d'information !

— Un instant ! ai-je crié. C'est pas de notre faute si les frères Banks se sont volatilisés de nouveau. On a rien à voir là-dedans. Moi, je m'en mêle plus.

— Quel rabat-joie ! a soupiré Gaby.

Une pensée horrible a traversé mon cerveau :

— La récompense ! Si les voleurs sont en fuite, est-ce qu'on va l'avoir quand même ?

— Bien sûr, voyons ! a dit Gaby. Bien sûr qu'on va l'avoir, la récompense.

Rassuré, j'ai rejoint ma mère à la cuisine. À présent, je savais très exactement comment j'allais dépenser l'argent — une partie de l'argent, du moins. Mais pour ça, j'avais besoin de ma mère.

— Acheter de nouveaux vêtements aux tantines? a-t-elle demandé, interloquée. Décidément, Jérémie, je ne te comprendrai jamais!

Mais elle était d'accord pour aller chez Rose.

— J'irai demain matin, j'ai le temps. Tu me rembourseras quand tu toucheras la récompense.

Cette nuit-là, j'ai rêvé que je croulais sous l'or.

Et si on sortait un peu?

Quand je me suis levé, le lendemain, ma mère avait déjà quitté la maison. Les tantines étaient rivées devant *L'Homme idéal*. L'animateur annonçait le mot clé du jour: Bravoure.

— Absurde! a déclaré Dorothée. Qu'est-ce que cet énergumène connaît à la bravoure?

— Mmm, a renchéri Margo. La frontière entre bravoure et bêtise est souvent difficile à délimiter.

— Sans plus tarder, je vous présente nos participants. Il me tarde de vérifier par moi-même s'ils se comportent vraiment en vrais hommes.

— Il plaisante ou quoi? s'est indignée Gaby. Regardez-moi ces abrutis. Quel rapport y a-t-il entre eux et les vrais hommes? Ils sont hauts comme trois pommes, et encore!

— C'est la caméra qui fait cet effet-là,

ai-je dit. Et si l'émission vous embête autant, pourquoi la regardez-vous?

— On attend le bulletin de nouvelles, a soufflé Dorothée. Peut-être en saurons-nous un peu plus sur les voleurs.

— Nous discutions hier soir au sujet de la télévision, a dit Margo, et nous nous inquiétions beaucoup à ton sujet. Aussi, nous te demandons instamment d'y réfléchir à deux fois si on t'invite à passer à la télé quand tu recevras la récompense. Imagine un peu : si on te rapetisse pour te faire entrer dans cette boîte de lilliputiens et si tu n'arrives plus à en sortir, qu'adviendra-t-il de nous? Et puis, tu nous manquerais.

Je ne savais jamais si elles plaisantaient ou si elles parlaient sérieusement. En mâchouillant mes céréales et un reste de lasagne réchauffée, je me suis dit que ce serait une bonne idée de passer un coup de fil à la police pour demander si je pouvais aller chercher la récompense.

— Désolée, a répondu la réceptionniste, votre nom n'apparaît pas au dossier des frères Banks. Et, de toute façon, aucun chèque n'a encore été émis et aucun ne le sera, j'en ai peur, tant et aussi longtemps que les voleurs ne seront pas sous les verrous.

Ça m'a complètement coupé l'appétit. J'ai

repoussé l'assiette de lasagne avec une seule idée en tête : sortir de la maison et aller me promener, à vélo de préférence. J'ai repensé aux pneus dégonflés. Zut !

J'ai traîné ma bicyclette jusqu'au centre-ville. Pas de récompense, pas de chèque ; pas de chèque, pas de nouveau vélo. Échec sur toute la ligne. J'ai retiré trente-cinq dollars de mon compte, en espérant qu'ils suffiraient pour acheter de nouveaux pneus. Il me restait exactement 39,22 $. Réflexion faite, je les ai retirés également. Avec les frères Banks dans les parages, le peu d'argent que je possédais serait plus en sécurité au fond de ma poche.

Pour 23,95 $, j'ai acheté une paire de pneus d'occasion. En retournant à la maison, je suis passé devant une quincaillerie. Dans la vitrine, il y avait une tirelire en forme de Cadillac. Ça m'a fait penser à ma mère, qui se baladait dans une vieille décapotable plus très étanche. Faute de pouvoir lui offrir une vraie voiture, je suis entré à la quincaillerie et j'ai acheté la tirelire. J'étais sûr qu'elle lui plairait.

J'ai caché mon argent dans l'un des coussins sur lesquels les tantines étaient assises.

— Que penses-tu de notre accoutrement d'été, Jérémie ?

Perdu dans mes pensées, je n'avais même

pas remarqué qu'elles étaient habillées différemment.

— Ta mère est revenue ce matin, les bras chargés de ces petites merveilles. Quelle personne attentionnée et généreuse ! Alors, qu'en penses-tu ?

Dorothée arborait un maillot de bain noir ancienne mode, des gants et des bas rayés. Gaby et Margo étaient méconnaissables dans leur nouvel accoutrement : robe blanche à volants et chapeau à rubans pour la première, marinière et chapeau de paille pour la seconde.

— On est divines, ne trouves-tu pas ?

Je mourais d'envie de leur dire que c'était à moi qu'elles devaient tout ça.

— Tout ce qu'il nous manque, c'est le décor, Jérémie. Un décor champêtre pour une excursion de pêche, par exemple. Au fait, vous devez bien avoir un canot ?

— Ou une chaloupe, a renchéri Gaby. Nous aimerions beaucoup aller pêcher, vois-tu, et nous connaissons un endroit idéal. Un vrai petit coin de paradis, calme, paisible, ensoleillé... Tu vas adorer.

— Mais pour qui vous prenez-vous ? J'ai pas le moindre bateau et je hais la pêche, alors oubliez ça au plus vite !

— Mais tu as bien un peu d'argent pour

en acheter un, pas vrai? a suggéré Dorothée, l'œil brillant.

— Non, ai-je avoué.

Je leur ai raconté mon entretien du matin.

— Bah! a fait Gaby. Tant mieux, au fond. Trop d'argent, ce n'est pas bon pour un jeune.

— En effet, ai-je dit, morose. Ça gâche tout. C'est comme pour Rick. C'est à cause de son maudit argent qu'il est devenu aussi horrible.

— Juste ciel! s'est exclamée Margo. En voilà des façons de parler d'un ami!

— D'un ex-ami, vous voulez dire.

— Pauvre Jérémie. L'amitié, tu ne sais pas encore ce que c'est.

— Vous, vous le savez, je suppose?

— Revenons à nos moutons, a dit Dorothée. À nos poissons, plutôt. Il faut que nous y allions, Jérémie. Nous avons nos raisons, crois-moi.

— NON, j'ai dit. NON!

— Il faut te distraire, Jérémie. Tu en as besoin, a soupiré Margo. Cette stupide boîte parlante t'abrutit du matin au soir. Une excursion de pêche...

Un bruit à la cuisine a créé une heureuse diversion; j'en ai profité pour m'esquiver.

Ma mère nettoyait le réfrigérateur en écoutant de la musique. Ça n'avait pas l'air d'aller.

— Déjà de retour?

— Pour un sacré bout de temps, à part ça. Je viens de perdre mon emploi.

— Oh non!

— Le théâtre a dû réduire les dépenses et congédier la moitié des employés. Dont moi.

Il ne manquait plus que ça. Je suis allé chercher la tirelire.

— Pour toi, maman.

Elle a sorti la tirelire du sac:

— Comme c'est gentil, Jérémie. Et ça tombe bien, tu ne peux pas savoir.

Sourires, embrassades.

— Tu sais ce que je ferais si j'avais une vraie Cadillac? On partirait en vacances très loin d'ici. On en a sacrément besoin.

— En attendant, on pourrait aller à la pêche. Il paraît qu'il y a un petit coin de paradis pas très loin d'ici...

Et moi qui déteste la pêche!

— Aller pêcher? Jérémie, tu es génial! Je cours me changer; toi, tu remplis la voiture. Ah! Je me sens déjà mieux.

Elle m'a serré à m'étouffer.

— On emmène les tantes. Pour le romantisme et la nostalgie. Tu as vu les nouveaux trucs que je leur ai achetés?

— Comme mère, on fait pas mieux, ai-je répondu, morose. Attentionnée, généreuse...

— Si tu préfères les anciens, tu n'as qu'à les leur remettre. Je les ai rangés dans une boîte sous le canapé.

J'ai rempli le coffre de la voiture de cannes à pêche, de filets et de chaises pliantes, et j'ai installé les tantines sur la banquette arrière.

— Vous êtes contentes? ai-je dit. Vous l'avez, votre fichue partie de pêche. Mais dites-vous bien une chose : je le fais pour ma mère, uniquement pour elle.

— Si tu savais comme tu nous fais plaisir, a rétorqué Dorothée, radieuse. La truite, la perche, les... grenouilles qu'on va attraper.

— Il y a des siècles que je n'ai pas mangé de cuisses de grenouille, a soupiré Gaby.

Des cuisses de grenouille? Quelle horreur!

— En plus, c'est la première fois qu'on monte dans une voiture, a ajouté Dorothée.

— Quoi? Dans votre temps, il y avait pas de voiture?

— Bien sûr que oui, voyons, a dit Margo. Mais nous menions une vie respectable, vois-tu. Tous ces bidules modernes comme le téléphone, la radio, les voitures, très peu pour nous.

— Hé! Jérémie!

Le père de Rick traversait la rue, tiré bien malgré lui par son chien, un caniche dénommé Solange.

— Quel joli tableau, a-t-il dit en regardant les tantines. Spécialement la beauté en maillot.

Si Dorothée avait pu rougir, elle l'aurait fait, aucun doute là-dessus.

— Mais où les emmènes-tu comme ça?

— Euh... pêcher, ai-je répondu en regardant ailleurs.

Solange reniflait l'intérieur de la voiture en grondant.

— Dis-moi, Jérémie, la photographie, ça t'intéresse?

— La photographie?

Je suis nul en la matière, qu'on se le dise. J'ai même abîmé l'appareil photo de ma mère, au dernier Noël, en essayant de sortir le film.

— Je profite des vacances pour faire une recherche sur l'histoire locale. Sais-tu ce qu'il y avait, à la fin du siècle dernier, à l'emplacement où se trouve aujourd'hui ta maison?

Je n'en avais pas la moindre idée. Mais où voulait-il en venir ?

— Un studio de photographie.

— Un studio de photographie ?

Les tantines étaient tout ouïe, je l'aurais parié.

— Et pas n'importe lequel. Le propriétaire du studio, un certain Fergus Phillips, a été le dernier photographe au Canada à utiliser la bonne vieille méthode des plaques de plomb et de cuivre. Cette méthode était dépassée depuis des années.

J'ai frissonné en repensant à ce que les tantines avaient dit au sujet d'un studio de photographie qui avait brûlé.

— Le studio, qu'est-ce qu'il est devenu ?

— Il a passé au feu. C'est vraiment dommage. Sans ce maudit incendie, on aurait aujourd'hui un vrai musée de la photographie.

— Et… l'incendie, c'était en quelle année ?

— Oh ! Bien avant ta naissance, Jérémie, et avant la mienne aussi. Il y a cinquante ans, à peu près.

Les tantines avaient donc « ressuscité » à l'endroit exact où elles étaient mortes. Rien que d'y penser, j'en avais le vertige.

— J'ai rassemblé plusieurs documents sur

le sujet — des brochures, des photos, le journal du photographe. Si jamais ça t'intéresse... Bon, je m'en vais, à présent. Viens nous voir quand Rick sera revenu. Tu me manques, tu sais.

— Revenu d'où?

— De son camp de tennis dans le nord. Un truc hypersophistiqué. Heureusement, c'est sa mère qui paye. Il sera de retour dans une semaine ou deux. À bientôt.

— Vous avez entendu? me suis-je écrié en me tournant vers les tantines. Ça veut dire que vous vous trouvez à l'endroit même où vous êtes mor...

— Cette photographie nous a toujours intriguées, a dit Dorothée.

— Vous pensez qu'elle est magique?

— Moi, la magie, a riposté Margo en reniflant, je n'y ai jamais cru.

— En route! s'est écriée ma mère en revenant avec le pique-nique.

Je me suis installé à côté d'elle dans la voiture en croisant les doigts pour qu'on ne soit pas arrêtés pour excès de vitesse. Mais il y avait pire. Avec le toit à moitié défoncé, le rétroviseur et les ceintures de sécurité qui manquaient à l'appel, nous étions une proie toute désignée pour un agent de police en mal de distraction.

— Tu sais où on va, au moins? a demandé ma mère. Je n'ai jamais entendu parler d'un endroit où on pouvait... Héééé!

Coup de frein. Coup de volant. On a évité de justesse un camion noir qui débouchait d'une route secondaire et fonçait droit sur nous.

Drôle de poisson !

Ma mère et moi, on avait évité la catastrophe. Pas les tantines... Elles ont été projetées par-dessus bord, à travers le toit défoncé, et sont allées atterrir sur la chaussée. Comble de malheur, derrière nous, une sirène hurlait de plus en plus fort.

Je suis allé récupérer les tantines. Poussiéreuses et secouées, mais indemnes. Je les ai réinstallées sur la banquette arrière. La voiture de police s'est arrêtée près de nous ; une jeune femme en est sortie :

— Pas trop de mal ?

— Pas trop, a répondu ma mère, encore un peu secouée. Mais ce satané camion noir, je le retiens. Un vrai danger public. À cause de lui, notre partie de pêche a failli être à l'eau. Enfin...

— Vous êtes sûrs que vous allez bien ? Il m'a semblé apercevoir des gens par terre. Elle a retiré ses lunettes de soleil et a jeté un regard à l'intérieur de la voiture. Oh! Des mannequins! Mille excuses... Pendant un moment, j'ai pensé qu'elles étaient... Vous avez dit un « camion noir »? Vous avez aperçu le chauffeur? Pris le numéro de la plaque?

Non aux deux questions.

— Si c'est ce que je pense... Bon, à bientôt. Conduisez prudemment.

On a attendu qu'elle soit hors de vue pour repartir. Cinq minutes plus tard, on atteignait l'endroit indiqué sur la carte.

On a stationné la voiture près d'un pont et, pendant que ma mère déchargeait le pique-nique, j'ai transporté les tantines sur la rive. Le « petit coin de paradis » n'était évidemment pas aussi paradisiaque que les tantes l'avaient décrit. Détritus, cannettes vides et carcasses de voitures constituaient l'essentiel du décor. L'eau puait le poisson pourri et la rouille.

— Un coin de paradis, hein? ai-je dit en regardant autour de moi.

— Un peu différent du souvenir que nous en avions gardé, j'en conviens. Mais qu'importe! Le poisson que nous pêchions ici était le plus savoureux, le plus...

— Du poisson? Dans ce bouillon infâme? Si j'étais vous, j'y toucherais pas.

— Hum! C'est ça, ton paradis? a demandé ma mère, qui nous avait rejoints. Légèrement pollué, on dirait bien. Mais il en faut plus pour nous décourager, pas vrai? Après tout, ce n'est pas ce qu'on attrape qui est important, c'est ce qu'on fait...

Pendant qu'elle s'installait à l'ombre pour lire, j'ai assis les tantines sur les chaises pliantes et je leur ai mis chacune une canne à pêche entre les mains. Une seconde plus tard, les trois lignes décrivaient dans le ciel des arcs longs et gracieux. Les tantines n'avaient pas menti, elles s'y connaissaient à merveille. Mais la patience n'était pas leur fort. Au lieu d'attendre que le poisson morde, elles jetaient sans arrêt leur ligne plus loin.

— Ça irait beaucoup mieux si on était sur l'eau, a soupiré Dorothée, mais on va faire ce qu'on peut.

— Il y a quelque chose pour toi dans le journal, a dit ma mère. Une photo des frères Banks.

J'ai abandonné ma canne et je suis allé vers elle. C'était bien eux, les hommes aperçus à la télé. Je reconnaissais les gros sourcils hirsutes de l'un, la cicatrice de l'autre, la prothèse acoustique et la maigre chevelure blanche du troisième. Ils avaient l'air affreux, sales et méchants.

— Ils en font une tête, hein? a fait remarquer ma mère, inexplicablement enthousiaste. Si on leur donnait des compagnons aux trois tantines? En s'inspirant de ces trois affreux-là, par exemple?

— Jamais dans cent ans!

— Juste ciel, non! a répondu Dorothée en écho.

J'ai toussé bruyamment pour couvrir sa voix. Une seconde plus tard, j'ai senti qu'on me poussait du coude; c'était Gaby.

— Ça mord, a-t-elle murmuré.

Ça mordait, en effet, et pas à peu près. Ça gigotait et ça tirait au bout de la ligne, comme si un énorme poisson essayait de se libérer.

— À l'aide, quelqu'un! ai-je hurlé tout à coup, en manquant tomber dans l'eau.

Ma mère s'est levée prestement en pointant l'eau du doigt:

— J'aperçois quelque chose, Jérémie. On dirait... une main. Et là: c'est noir et en caoutchouc, on dirait... C'est un corps, ma parole!

— Un corps??

J'ai failli échapper la ligne, mais les tiraillements ont repris de plus belle à l'autre bout et j'ai raffermi ma poigne.

— Il se débat drôlement, a fait remarquer ma mère en tirant avec moi.

La ligne était tendue au maximum. Puis la chose a cessé de se débattre. Deux grandes nageoires ont battu l'eau un moment, suivies d'une forme ronde — une tête! — et, sous la tête, un corps, noir et caoutchouteux. Il grossissait à vue d'œil et s'amenait droit vers nous en crachant et en haletant. Il s'est effondré à nos pieds.

— Un homme-grenouille!! a dit ma mère, consternée.

Pas de doute, c'était bien un homme-grenouille, avec son masque, sa bombe à oxygène et sa lampe de plongée.

— Il respire, tu crois?

— Je crois, oui. Mais il faut l'aider. Toi, tu lui fais le bouche-à-bouche; moi, je cours chercher de l'aide.

— Pourvu que je ne l'aie pas étranglé, le pauvre, a dit Gaby une fois ma mère partie.

J'ai dégagé la bouche de l'homme et je me suis penché sur lui. Sa poitrine se soulevait et s'abaissait à un rythme régulier. Soulagement.

— Mais qu'est-ce qu'il fichait là? a demandé Dorothée. Il attrapait des grenouilles?

Gaby a eu un petit rire:

— Si je l'embrasse, vous croyez qu'il va se changer en prince charmant?

— Qu'est-ce que c'est, au juste, un

homme-grenouille? a demandé Margo. Une créature amphibie?

— Un plongeur, ai-je expliqué. Certains plongent pour le plaisir, pour examiner les fonds marins. D'autres cherchent quelque chose de précis, des trésors dans les épaves de bateau, par exemple. Mais celui-là, je sais pas.

— Un trésor? a marmonné le plongeur en essayant de se relever.

Les portes d'une voiture ont claqué et ma mère est revenue avec la policière.

— Regardez sur qui je suis tombée. Quelle heureuse coïncidence! Elle était stationnée sur l'autre rive.

— Rod! s'est exclamée la femme en courant vers le plongeur. C'est moi, Sheila. Tu vas bien? Tu as trouvé quelque chose?

Elle lui a retiré son masque. Rod a cligné des yeux en secouant la tête, comme s'il essayait de chasser un mauvais rêve.

— Mon tube à oxygène a été coupé, a-t-il fini par articuler. Il a dû se coincer quelque part.

— Tout va bien, à présent, a dit la femme en embrassant l'homme sur la bouche.

Les tantines se sont regardées en se poussant du coude. Quand la femme lui a retiré son casque, j'ai tout de suite reconnu le Rod en question : c'était le rouquin qui me poursuivait depuis le début. Lui ne m'a pas reconnu, heureusement pour moi. Trop hébété, je suppose.

— Un homme-grenouille policier ? ai-je demandé. Qu'est-ce qu'il pouvait bien chercher ?

— Confidentiel, pour l'instant, a répondu Sheila. Mais vous, qu'est-ce que vous faites ici ? Je vous surveille depuis tout à l'heure.

— On ferait mieux de partir, Jérémie, a dit ma mère. Cet endroit est privé, il paraît.

— Je vais l'emmener à l'hôpital, a dit Sheila. Si vous voulez bien m'aider à le transporter dans la voiture.

— Bien sûr, bien sûr, a dit ma mère. Croyez bien que si on avait su que c'était privé, on n'y aurait jamais mis les pieds. C'est un regrettable incident. Ce n'est pas dans les habitudes de mon fils d'attraper des hommes-grenouilles...

Ma mère a empoigné les pieds — les palmes, plutôt — et Sheila, les épaules, et elles ont transporté Rod à la voiture.

— Dommage ! a soupiré Dorothée. Pour le prince charmant, je veux dire.

— « Charmant », c'est beaucoup dire, a ricané Gaby. Parce qu'à part les cuisses, qui avaient l'air juteuses à souhait, en fait de prince charmant, il y a mieux.

— Jérémie, a dit Margo, j'ai bien peur d'avoir aussi quelque chose au bout de ma ligne. Quelque chose de lourd. Pourvu que ce ne soit pas un autre spécimen amphibie.

— Un tronc d'arbre, sans doute, ai-je dit.

L'hameçon avait l'air coincé sur l'autre rive. J'ai pris la canne et j'ai tiré doucement. Rien à faire. Je suis allé de l'autre côté pour dégager l'hameçon. J'ai plongé la main au fond de l'eau avec une grimace de dégoût et j'en ai ramené un gros paquet dégoulinant, de la taille d'une valise. Regard vers les tantines, qui me faisaient signe de rappliquer au plus vite.

— Un trésor, a murmuré Gaby, ravie. C'est cent fois mieux qu'un prince charmant. Vite! Dépose-le dans le coffre avant que ta mère revienne.

— Vous êtes sûres? ai-je demandé.

Tout à coup, lumière!

— C'est peut-être ce que Rod et Sheila cherchaient?

— Évidemment que c'est ça, Jérémie, a soupiré Dorothée, comme si la chose allait de soi. Mais il faut découvrir au plus vite ce qu'il contient.

— Des bijoux, peut-être. Ou des armes. À moins que ce ne soit de la drogue, comme on voit à la télé, a dit Gaby. Dieu! Que tout ça est excitant!

— On ferait peut-être mieux de le rendre à la police, alors?

— Sans d'abord vérifier de quoi il s'agit? Voyons, Jérémie! Et l'aventure, qu'est-ce que tu en fais?

— Et la curiosité? L'audace? a renchéri Gaby.

— Des fois, mon pauvre Jérémie, tu es un véritable éteignoir. Mais décide-toi, ta mère revient.

J'ai déposé l'objet dans le coffre et j'ai empilé les chaises pliantes dessus. Les tantines n'arrêtaient pas de gigoter et d'agiter les mains pendant que je les transportais dans la voiture.

— Déjà prêt? a fait ma mère. Bon, je suppose qu'il est temps de partir... Encore heureux, a-t-elle ajouté au moment où on s'engageait sur l'autoroute, qu'on n'ait pas été arrêtés. Notre aventure a bien failli lui coûter la vie, à l'agent de police. Je me demande bien ce qu'ils cherchent... Au fait, c'est quoi cette odeur?

— Mes pieds, ai-je répondu sans hésiter.

De la vase, encore !

Ce soir-là, une fois ma mère endormie, j'ai rentré le paquet et je l'ai déposé au salon, sur de vieux papiers journaux. J'ai installé les tantines par terre, pour qu'elles puissent l'admirer à leur aise.

— Pour un mystère, c'en est tout un ! a déclaré Gaby en se frottant les mains de plaisir. J'adore. Et si c'était une bombe ?

— Absurde ! a riposté Margo. On entendrait un tic-tac. Ouvre, Jérémie.

— C'est que... Il me semble que c'est... que c'est pas de nos...

— Trêve de bavardage ! a tranché Gaby. Ce n'est peut-être qu'un vieux tas de déchets.

J'ai fini par abdiquer, comme d'habitude, et je suis allé chercher des ciseaux.

— Je suis quand même heureux de vous avoir connues, ai-je dit en coupant la ficelle.

La boîte en contenait une seconde, en métal celle-là.

Du bout de sa canne, Margo l'a retournée. La boîte s'est ouverte comme par enchantement. Elle était remplie à ras bord d'une multitude de petits paquets enveloppés de papier brun. En apercevant le minuscule « 100 » inscrit sur chacun d'eux, j'ai compris :

— On est riches ! ai-je crié en arrachant le papier et en faisant voler des dizaines et des dizaines de billets de cent dollars. Riches, riches, riches.

Les billets pleuvaient sur nos têtes, sur nos épaules.

— Mais, j'y pense, cet argent nous appartient pas, hein ?

— Avoue tout de même qu'une nouvelle voiture serait la bienvenue, a fait remarquer Dorothée.

— Pense à ta mère, a ajouté Gaby. Avec tout cet argent, plus besoin de travailler.

— Pense à toi aussi, a dit Margo. Pauvre toi, tellement démuni ! Pas d'ordinateur, quelle indigence !

— Mais il est pas à nous, ai-je répété, incrédule. On peut pas le garder ; il faut prévenir la police.

— En es-tu sûr? a demandé Margo. Qui a caché cet argent, à ton avis?

— Comment voulez-vous que je le sache? Un criminel, sûrement... Oh! Vous voulez dire que...

Dorothée hochait frénétiquement la tête:

— Pas... pas les frères Banks? Pas encore eux?

— À en juger par leur lourd passé, je ne serais pas surprise du tout, a déclaré Margo. Souviens-toi, Jérémie: *Qui vole un œuf vole un bœuf.*

— C'est pas parce qu'ils viennent de dévaliser une banque qu'on peut en conclure que c'est eux qui ont caché le magot au fond de la rivière.

— Mais si c'est le cas, c'est la seconde fois que tu te trouves sur leur route, Jérémie. Drôle de coïncidence, tu ne trouves pas?

— Coïncidence? ai-je répété en écho. Tout à coup, j'ai compris: Vous saviez depuis le début que l'argent se trouvait là et c'est pour ça que vous avez manigancé toute cette histoire de pêche, pas vrai?

— Bingo! s'est écriée Gaby. Je pensais que tu n'y arriverais jamais.

— Mais comment le saviez-vous?

— Simple déduction, mon cher Watson.

Tu as entendu les nouvelles comme nous. On disait que les voleurs s'étaient enfuis à motocyclette, en direction de l'ouest, et que la police avait perdu leur trace près d'un pont.

— Mais des routes qui vont vers l'ouest, il y en a plein. Des ponts aussi.

— Dans notre temps, il n'y en avait qu'une, a rétorqué Margo.

— On disait que la motocyclette avait quitté la route près du pont et que la police n'avait pas retrouvé l'argent. On en a déduit que les voleurs l'avaient jeté à l'eau. Et on a tapé dans le mille !

— C'est la chance, rien de plus, ai-je dit. La malchance, devrais-je dire. J'aimerais avoir jamais connu cette bande d'escrocs. Bon, à présent, on prévient la police pour leur dire qu'on a l'argent.

— Tu as perdu l'esprit ou quoi ?

— Parce que vous comptez garder l'argent ?

J'étais scandalisé, mais pas tant que ça. Après tout, cet argent, je le méritais. Les frères Banks m'avaient privé de ma récompense. Une partie du magot me revenait de droit. Un petit millier de dollars peut-être...

— Pas question, ai-je dit. Ce serait du vol et on est pas des voleurs.

— Si tu préviens la police, tu nous mets dans le pétrin, a dit Dorothée. Qu'est-ce que tu penses qu'elle va faire quand tu vas lui apprendre le rôle que nous avons joué dans l'affaire ?

— Alors, si on peut pas garder l'argent et si on peut pas le rendre non plus, qu'est-ce qu'on en fait ? On va pas le garder pour nous, hein, Margo ?

— Pour nous ? Certainement pas. Pour toi, c'est une autre histoire. C'est toi qui as besoin d'argent, pas nous.

— Quoique, à bien y penser, est intervenue Dorothée, une plus grosse télé avec plus de canaux... Une vraie voiture, avec un vrai toit...

— La décision te revient, Jérémie. Mais penses-y à deux fois avant de prévenir la police.

— Je sais ce qu'on va faire ! ai-je décidé subitement. On remballe le magot et on le rejette à l'eau. Ni vu ni connu.

— Maintenant ? En pleine nuit ? Tout ce trajet... Tu n'auras pas peur ?

— Peur, moi ? J'ai pas peur dans le noir.

— Pas d'imprudence, Jérémie, a recommandé Margo.

— Pourquoi maintenant ? Rien ne presse. Ne vaudrait-il pas mieux garder l'argent jusqu'à ce qu'on mette au point un vrai plan ?

— Parce que mon plan est pas un vrai plan? Je rapporte l'argent là où on l'a trouvé, un point c'est tout.

— Quelle détermination! s'est exclamée Gaby, vaguement admirative. Vous avez entendu, les filles? Quel garçon courageux!

— En effet, a ajouté Margo. On ne veut surtout pas te mettre des bâtons dans les roues, Jérémie. S'il faut remettre l'argent maintenant, alors vas-y. Au fond, c'est peut-être le meilleur moment. La nuit, la police dort, comme tout le monde. On remballe l'argent pendant que tu vas chercher un manteau et une lampe de poche.

— Je te prête mon parapluie, a dit Gaby. Prends la canne de Margo aussi, au cas où. Mais quoi qu'il arrive, arrange-toi pour ne pas te faire prendre vivant.

— Très drôle, ai-je marmonné en sortant.

Ça m'a pris un temps fou à trouver un manteau et une lampe de poche qui fonctionnait. J'ai fini par jeter mon dévolu sur la veste que je porte pour aller à l'école, celle avec mon nom écrit dessus, et sur ma vieille lampe de poche Mickey Mouse.

Quand je suis revenu au salon, le paquet était prêt.

— C'est fou ce que tu as changé depuis

qu'on te connaît, Jérémie, a dit Gaby au moment où je sortais. Tu es bien différent du timide petit garçon qu'on a rencontré. Cette aventure t'a mûri. Révélé aussi. On sait maintenant de quel bois tu te chauffes.

— En effet, a approuvé Dorothée. Du même bois que l'Homme idéal... à une éclisse près. La même assurance, la même fermeté, la même honnêteté. Un incorruptible, quoi !

Même dehors, je les entendais se bidonner. J'ai empoigné ma bicyclette et je suis parti. C'est dans des moments pareils que je rêvais de me débarrasser d'elles.

* * *

Plus je m'éloignais de la ville, plus l'obscurité s'épaississait. Je commençais à avoir la frousse, mais je n'aurais rebroussé chemin pour rien au monde ; l'admiration et le respect que je lisais par anticipation dans les yeux des tantines suffisaient à m'insuffler du courage et à me faire pédaler plus vite. Mais comment expliquer leur brusque changement d'attitude ? Elles, d'ordinaire si têtues, s'étaient rangées à mon idée sans protester. Elles avaient peut-être fini par se rendre compte que, sans moi, leur vie serait drôlement terne. Ou qu'elles n'auraient pas de vie du tout.

Mais fallait-il qu'elle soit dangereuse, ma

vie à moi ? Je longeais le bois, à présent, et toutes sortes de bruits inconnus me parvenaient. Je me suis rendu directement à l'endroit où j'avais trouvé le colis. Ça coassait en bas comme vous n'avez pas idée. Les grenouilles me dégoûtent, m'ont toujours dégoûté. Leur façon de sauter, leur viscosité, leur...

J'ai déposé ma bicyclette, j'ai empoigné le colis et je me suis dirigé à pas lents vers la rivière. Les yeux rivés au sol, ma lampe de poche guidant mes pas dans le noir, au cas où je tomberais sur l'une de ces satanées bestioles, j'ai failli emboutir une voiture. Je me suis littéralement jeté par terre, à l'abri dans les hautes herbes, en espérant que le choc n'avait alerté personne. Immobile et le cœur battant, je suis resté là, à attendre, pendant un temps interminable. Comme rien ne se produisait, j'ai rallumé ma lampe de poche et l'ai dirigée vers la voiture. Personne à l'intérieur. Mais sur le dessus, il y avait un petit monticule : un gyrophare ! La police était sur les lieux !

Les coassements s'amplifiaient, les uns aigus, les autres plus bas. Crââââ... Crôôôô... Maudites grenouilles ! Mais pourquoi si près de la voiture ? J'ai risqué un œil à l'intérieur, puis deux. Surprise ! Deux policiers dormaient à poings fermés, en ronflant comme des bienheureux. Plié en deux à cause du fou rire, je me suis éloigné avec mon précieux fardeau sous le bras.

— Pas un pas de plus! a ordonné une voix derrière moi.

Conspiration

Je ne me suis pas retourné tout de suite. Mes mains tremblaient tellement que le colis est tombé par terre avec un bruit mou.

— À la bonne heure, fiston. Laisse le paquet là où il est et avance. Sans te retourner.

Je me suis retourné. L'homme était seul ; le col de son imperméable était relevé et son chapeau, enfoncé jusqu'aux oreilles.

— Avance, je te dis !

L'une de ses mains était enfouie dans sa poche. Un flic en civil avec un revolver ?

— Tu t'appelles comment, au fait ?

— Moi ? Euh... Rod. Rod Diver. Et vous ?

Je n'escomptais aucune réponse, mais la réponse est venue :

— Banks. Comme dans « banques ». Mais appelle-moi Eddy, ce sera plus simple.

À présent, ce sont mes dents qui claquaient.

— Déjà entendu parler de moi, fiston?

— J-j-j-amais.

Je n'espérais qu'une chose: qu'il ne fasse pas le rapport entre moi et l'idiot qui avait contribué à son arrestation.

— Je dois me faire vieux, alors. Dans le temps, tout le monde nous connaissait. Bon, à présent, examinons un peu ce précieux colis.

Les tantes ne s'étaient donc pas trompées. Elles avaient tout deviné. Mais alors, pourquoi m'avoir laissé partir seul, en sachant que j'allais tout droit dans la gueule du loup? Et que feraient-elles à ma place? Rendraient-elles l'argent? Sûrement pas. Elles auraient un plan, un autre! J'ai fait un saut jusqu'au colis et j'ai mis le pied dessus.

— Cet argent est pas à vous, ai-je dit, la voix chevrotante. Pas question que je vous le rende!

Banks a eu un sourire mauvais:

— Comment sais-tu que c'est de l'argent?

Triple idiot!

— Je le sais, c'est tout. Restez où vous êtes, sinon j'appelle la police.

Il n'a même pas cillé.

— Si tu avais vraiment voulu appeler la police, fiston, il y a longtemps que ce serait fait. Et tu as eu raison. Avec tes empreintes imprimées partout...

Rien à dire à ça.

— ... Remarque, je t'en dois bien une, fiston. C'est vrai. Sans toi, j'aurais été obligé de me taper tout le boulot. J'ai horreur de me salir, même pour de l'argent. Alors, plonger dans cette eau puante, très peu pour moi. Combien veux-tu?

Il s'est agenouillé près du colis en sortant un couteau.

— Rien du tout! Je veux rien du tout!

— Pourquoi donc? C'est pas l'argent qui manque. Et tu le mérites, crois-moi. Mais, dis-moi, comment as-tu fait pour trouver le magot? Je pensais qu'il y avait seulement la police après moi. C'est pas un passe-temps pour un jeune, ça. Tu veux faire quoi, plus tard? Flic? Ou voleur?

— Auc-c-c-un des deux.

— Écoute, je vais être correct avec toi, fiston, a-t-il dit en baissant le ton. Ce magot-là vient tout droit de la banque. Oui, monsieur. Ce sont toutes mes économies que tu as sous les yeux.

— Vr-r-raiment?

— Ouais! J'ai mis des années à ramasser tout ça. Avec mes frères, évidemment. On est trois dans le coup. L'autre jour, on voulait faire un petit retrait...

— Un petit retrait?

— Ouais. Sauf qu'il y a eu un pépin. Un gros pépin. Figure-toi que mon compte était à découvert et que la banque a refusé de me faire crédit. Tu sais comment sont les banques. Je croyais tout savoir sur elles, mais non... Elles arrêtent pas de changer les règles du jeu et de pauvres bougres comme nous, on se fait avoir à tout coup.

Les pauvres!

— Toujours est-il que le petit problème, on voulait le régler, mais on s'est pointés un peu trop tôt. Il paraît que la banque est jamais ouverte à cette heure. Tout le monde peut se tromper, pas vrai? Et, comme on dit, l'avenir appartient à ceux qui se lèvent tôt. Toujours est-il qu'on s'est fait prendre. Des interrogatoires à n'en plus finir. Nous, on trouvait pas ça correct, alors on leur a faussé compagnie. Entre-temps, la banque avait ouvert ses portes, alors on s'est servis et on a fiché le camp sur une moto qu'un passant nous avait gentiment prêtée.

— Je sais, ils l'ont dit à la télé.

Haussement de sourcils:

— Je croyais que tu avais jamais entendu parler de nous?

— Le n-n-n-om m'avait échappé. C'était ju-juste un br-r-ef communiqué. Quand ils ont dit que j'étais sur les lieux et que j'avais aidé à...

Je me suis mordu les lèvres au sang.

— ... Et après? ai-je enchaîné.

— Figure-toi qu'on nous a filés. Bizarre, non? Dans mon temps, ça se faisait pas, ces trucs-là. En tout cas. On nous a suivis et là, je sais plus. Je conduisais, mon petit frère était à l'arrière et l'autre, à côté. Tout à coup, j'ai perdu le contrôle dans une courbe et on s'est tous retrouvés à l'eau.

— Et la moto?

— À l'eau, elle aussi. Foutue. À présent, on a la grosse Bertha. Une camionnette super qu'on a aussi empruntée à un ami. On le connaît pas encore, mais ça viendra.

— Et les flics?

— Aucune idée. On était déjà sortis de l'eau depuis un bon moment quand ils ont compris qu'on y était, tu vois le genre? L'ennui, c'est qu'on a jamais trouvé le magot et ces foutues andouilles arrêtent pas de patrouiller dans le coin. Les policiers auraient mieux à faire que de s'acharner sur trois malheureux comme nous, tu crois pas? Alors, merci encore. Sans toi, on serait encore en train de patauger dans l'eau sale.

Il s'est penché pour prendre le paquet.

— Une minute, ai-je crié. Qu'est-ce que vous allez faire de tout cet argent?

— Une petite opération toute simple, si tu veux tout savoir. Au cœur, a-t-il ajouté en se massant la poitrine.

— Ça coûte si cher que ça? Le gouvernement paye pour ça, il me semble.

— C'est pas exactement de ce genre d'opération que je parlais. Alors, disons que c'est pour ma pauvre mère. Un petit pontage. Les histoires de cœur, ça nous connaît, les frères Banks. Question de vie ou de mort, tu vois?

Vieux comme il l'était, sa mère devait être un véritable dinosaure.

— Vous mentez! ai-je crié.

J'ai envoyé valser le paquet dans la rivière — SPLASH! — et j'ai couru jusqu'à mon vélo. En passant près de la voiture, j'ai vu Rod et Sheila qui se redressaient lentement en se frottant les yeux. J'ai pris mes pédales à mon cou et je suis rentré chez moi au moment où le soleil se levait. J'entendais ma mère fourrager dans la cuisine — d'où s'échappait une odeur suspecte, d'ailleurs. Les tantines me considéraient toutes les trois avec un soulagement visible.

— La police et Eddy Banks? Sur les lieux,

en même temps? Juste ciel! On n'aurait jamais dû te laisser aller seul.

— Je l'ai pas entendu venir. La première chose que j'ai sue, c'est qu'il était derrière moi.

— On avait raison, alors. Ils avaient bel et bien laissé l'argent au fond de l'eau. Les sacripants! Et l'autre, là, il s'imaginait peut-être que tu allais avaler son histoire de compte à découvert?

— Encore heureux qu'il n'ait pas pu toucher au magot.

— Et que tu aies réussi à t'échapper, Jérémie.

Hochements de tête gênés des trois tantes.

— Qu'y a-t-il?

— Oh! Rien, presque rien.

— De quoi parliez-vous quand je suis arrivé?

— De rien, de rien.

— En tout cas, heureusement que j'ai pas gardé l'argent ici...

Silence. Elles étaient trop fières pour me présenter leurs excuses. Ou pour admettre que j'avais eu raison, pour une fois.

— À partir de maintenant, les démêlés avec la justice, c'est terminé pour moi. Une fois suffit.

— Les policiers! a murmuré Gaby. Toujours là quand il ne faut pas, mais quand il s'agit de mettre la main sur de vrais bandits... On serait bien meilleurs qu'eux, pas vrai?

— Avec vos jambes en guenilles? ai-je raillé.

— Qui parle de leur courir après? Un piège, voilà ce qu'il faut. Un piège où l'argent est l'enjeu.

Hochements de tête des deux autres. Elles pouvaient toujours courir!

— J'ai une faim de loup. Et je tombe de sommeil.

— Nous avions un plan, a commencé Margo. Mais on ne voulait pas t'inquiéter avec ça.

— Qu'est-ce que vous mijotez encore?

— Comment? Tu ne sais toujours pas?

Il y avait du soulagement dans le ton.

— Qu'est-ce que je ne sais pas encore? Vous avez pas le droit de me cacher des choses. Après tout, c'est moi qui vous ai créées.

— Mille excuses, jeune homme, a riposté sèchement Margo, mais ce n'est pas parce que tu nous a créées, comme tu dis, que nous ne pouvons pas avoir nos petits secrets.

— Bon, d'accord, je vous ai pas vraiment créées. Mais c'est pas loyal ce que vous faites.

— C'est un petit plan de rien du tout, mais on ne voulait pas t'alarmer, tu es tellement... émotif.

Émotif? Qui était allé tout seul, en pleine nuit, rencontrer Eddy Banks dans le bois?

— Mais ton teint vire au vert à la moindre allusion... Les cuisses de grenouille, par exemple...

Heureusement, ma mère m'a appelé:

— Tu devineras jamais ce qu'on a pour déjeuner, Jérémie. Vu qu'on n'a rien pris hier, je suis allée au marché.

Du poisson? Pour déjeuner?

— Cuisses de grenouille! a annoncé fièrement ma mère.

— J'ai pas très faim, maman. Je vais plutôt aller faire un petit somme.

— Un petit somme? Mais tu viens de te lever!

— Vous me cachez quelque chose, ai-je dit aux tantes en revenant au salon. Mais vous l'emporterez pas en paradis, c'est moi qui vous le dis.

— Tu dors debout, a dit Margo. Tu ferais mieux d'aller te coucher au lieu de proférer de pareilles âneries.

Gloussements, petits cris. Parfois, les tantines, je les hais.

Le journal de Fergus

Je me suis réveillé peu après midi. Sur la table, il y avait un plantureux sous-marin, quelques biscuits au chocolat et un mot :

Quand je suis passée à midi, tu ronflais tellement fort que j'ai pensé que les tantines allaient se réveiller et se mettre à marcher. Je suis partie à la chasse aux emplois. Je serai de retour à 17 heures. Tendresses. Maman.

— Ah ! Te voilà enfin ! se sont exclamées les tantines. Tu as bien dormi, bien mangé ?

— Assieds-toi. On va tout te dire.

— Tout quoi ?

— Notre secret.

— Quel secret ?

— Notre plan, plutôt.

— Pas trop tôt, ai-je dit en faisant semblant de bâiller.

« Ne pas avoir l'air trop intéressé, surtout. »

— D'abord, Jérémie, nous sommes navrées de te décevoir, mais nous avons toutes les raisons de penser que l'argent n'est pas au fond de l'eau.

— Bien sûr qu'il est là. Je l'ai jeté moi-même, sous les yeux d'Eddy Banks en plus.

— C'est que... on a oublié de te dire... Oh et puis zut !

— Ce que Margo essaie en vain de te dire, Jérémie, c'est que, pendant que tu cherchais ton manteau, on a remplacé l'argent par les magazines qui traînaient sur la table. Bien sûr, ce n'était pas tout à fait le même poids, mais c'est tout ce qu'on avait sous la main.

— Quoi ?? Vous m'avez laissé partir sans l'argent ? Et si Eddy Banks avait ouvert le paquet, de quoi j'aurais eu l'air, hein ?

— Avoue que l'aventure en valait le coup, a dit Gaby. Tandis que ta vie à toi...

— Je trouve pas ça drôle ! ai-je crié. Trop, c'est trop. Vous vous servez de moi comme bon vous semble, sans vous demander si ma vie peut être en danger. Quand je raconterai tout ça aux flics, qui va se retrouver en prison ? Et le magot, où il est ? Non, à bien y penser, je veux pas le savoir. Salut !

* * *

À la seule idée de me retrouver devant les tantines, j'étais hors de moi. J'ai donc évité le salon les jours suivants. À quoi ai-je passé mon temps, croyez-vous? À hésiter entre les deux solutions possibles: tout avouer à la police ou aller remettre l'argent là où je l'avais trouvé. Dans l'eau. La première solution m'effrayant autant que la seconde, j'ai continué à hésiter sans rien faire.

Il a plu trois jours d'affilée. Trois jours interminables où je me suis retrouvé totalement désœuvré. Impossible de m'entraîner au tennis comme je l'aurais souhaité — je ne voulais pas être lamentable quand Rick reviendrait de son fichu camp; impossible de voir Marc, un autre copain — il avait de la visite; impossible de tondre les gazons du quartier; impossible de regarder la télé, bien entendu.

À bout de patience, je me suis rabattu sur la seule chose qui restait: le journal du photographe que le professeur Ricketts gardait chez lui. Fergus Phillips allait peut-être me révéler le fin mot de l'histoire. C'était mieux que rien.

C'est Rick qui m'a ouvert la porte.

— Qu'est-ce que tu fais ici?

— J'habite ici, figure-toi.

— Je te croyais au camp de tennis.

— Trop de pluie. Impossible de s'entraîner.

— Euh... j'étais venu chercher quelque chose dont m'a parlé ton père.

— Bonjour, Jérémie, a fait le professeur en sortant de son bureau. Ravi de te voir. Comment vont les tantes?

Ce n'était qu'une plaisanterie, sans plus, mais avec Rick à côté, n'importe quelle réponse me ferait une fois de plus passer pour un idiot.

— Pas trop embêtantes, au moins?

— Embêtantes, les tantes? Non, pourquoi? ai-je répondu avec un rire qui sonnait faux. Je suis juste venu pour emprunter le journal dont vous parliez l'autre jour. Celui de l'ancien photographe.

Le professeur a eu l'air perplexe, mais il est néanmoins allé le chercher. Je suis resté en tête à tête avec Rick. Silence embarrassé. J'aurais tellement aimé lui donner une preuve. Qu'il me croie et m'aide enfin à sortir du pétrin dans lequel les tantes m'avaient fourré. Mais non. Mon meilleur ami était là, silencieux et aussi embarrassé que moi. Tout ça à cause de trois mannequins qui avaient gâché mon été, et peut-être ma vie.

— Papa m'a dit que la chienne avait grogné en apercevant les tantes. Comme si c'étaient des fantômes.

— Le voilà, a dit le professeur en me tendant un petit carnet recouvert de cuir rouge. J'ai fini par mettre la main dessus. Il était sur le lit de Rick; la chienne a dû le déplacer. Mais, sans vouloir te décevoir, il n'y a pas grand-chose d'intéressant là-dedans. Le vieux Fergus devait faire du chapeau à la fin de sa vie.

— Du quoi?

— Sénile, a dit le professeur en montrant son crâne. Son journal est bourré d'inepties.

— Merci quand même.

En rentrant chez moi, j'ai filé tout droit à ma chambre. Le journal avait été rédigé par la dernière personne à avoir vu les tantines vivantes et, pour cette raison, j'étais partagé entre une envie folle de l'ouvrir et une peur bleue de découvrir la vérité. Quelle vérité? Celle qui m'apprendrait comment les tantines étaient revenues sur terre et qui m'indiquerait aussi, par conséquent, comment m'en débarrasser.

Le cœur battant, j'ai ouvert le journal. Mais ce que j'y ai découvert m'a laissé sans voix : au lieu du compte rendu quotidien auquel je m'attendais, le journal de Fergus Phillips n'était qu'un fouillis indéchiffrable de lettres, de chiffres, de formules chimiques, de recettes. Je me suis retenu à deux mains pour ne pas le refermer sur-le-champ. Après une heure d'efforts soutenus, je n'avais strictement rien appris, sinon à déchiffrer l'écriture de Fergus.

La fin du journal était encore plus difficile à lire. L'une des dernières pages portait simplement une date et la mention « INCENDIE ». Le texte se lisait comme suit :

Mon œuvre s'arrête ici. Elle est loin d'être terminée, pourtant. En un seul jour, tous mes efforts pour faire progresser l'humanité et réaliser un très vieux rêve ont été anéantis. Reproduire le mouvement et la vie sur un écran, des millions de fois, n'importe où, n'importe quand, voilà quel était ce rêve grandiose. Je dis bien « était » car, aujourd'hui, je n'ai plus rien, hors la vie. Je me suis réveillé dans un lieu inconnu, avec des bandages sur les mains et les yeux, pour apprendre que j'étais resté plusieurs mois inconscient. L'incendie a tout détruit, mes documents, mes dossiers, mes appareils, mes lentilles. On a craint longtemps pour ma vie, pour ma vue aussi. La dernière chose dont je me souvienne est cette odeur de fumée et l'explosion qui a suivi. Quand on a extirpé mon corps de sous les décombres, on m'a cru mort. Parce que je vis, parce que je vois aussi, on affirme que j'ai eu de la chance. De la chance? Sans rien devant moi si ce n'est cette douleur continuelle aux doigts qui m'arrache des larmes chaque fois que je prends la plume pour écrire? Dans mon délire, je n'ai pas cessé de poser des questions sur les trois vieilles dames. «Quelles vieilles dames?» me répondait-on chaque fois, en me rappelant que j'étais seul, ce jour-là, dans le studio. Moi, je sais qu'il n'en était rien, mais j'ai beau protester, on me croit fou.

Tous les vendredis, on nous passe des films, du «cinéma muet», comme ils disent, mais je suis encore trop faible pour me déplacer. Et pourquoi le ferais-je? Pourquoi irais-je vers l'image, alors que c'est à l'image de venir à moi?

Certains prétendent que j'ai vu trop grand, que j'aurais mieux fait de me contenter de mes photos. Qu'est-ce qu'ils font du rêve, ceux-là? Mon unique souhait, à partir de maintenant, est d'avoir un successeur, un autre fou qui verra aussi grand que moi; qui reprendra ma méthode à son compte et réussira, là où j'ai échoué, à s'affranchir des contraintes de temps et d'espace pour faire revivre le passé au profit des générations futures.

J'étais tellement secoué que j'avais peine à tenir le journal. Je suis resté un long moment immobile, la tête remplie de pensées contradictoires. J'étais le seul sur terre à connaître les trois personnes dont parlait le journal. Quel avait été le projet de Fergus, au juste? Recréer la vie à partir d'une photo? Je n'aurais jamais pensé en arriver à regretter mon inaptitude pour les sciences. Si j'avais été meilleur, peut-être aurais-je pu, qui sait, comprendre l'œuvre de Fergus et trouver la solution à mes problèmes?

Devenir un autre génie — un autre fou? — de la photographie ne me souriait pas particulièrement. Peut-être serait-il sage de détruire le journal, pour empêcher un autre maniaque de trimballer partout du matériel aussi dangereux. Mais c'était trop tard, je n'avais plus une telle sagesse. Tout ce que je voulais, c'était relire le journal, pour découvrir ce que je n'avais pas encore saisi, le détail qui me ferait comprendre toute l'histoire.

Et les tantines? Fallait-il leur révéler l'existence du journal? Non. Elles avaient leurs secrets, je pouvais avoir les miens.

Au théâtre

J'ai donc continué à éviter les tantes. Et à m'ennuyer. La pluie tombait toujours, rendant toute activité extérieure impossible. Mes amis désertaient : Simon était parti au chalet, Marc, au camp.

Un après-midi, j'ai cédé, à moitié seulement. Je me suis confectionné une solide collation et je suis allé la manger au salon, où ma mère parcourait les offres d'emplois du quotidien local.

— Tiens ! Un revenant ! Où étais-tu passé ? On ne te voit plus. Mmm, ça a l'air bon. Une bouchée, d'accord ?

Je lui ai donné la moitié de mon sandwich et j'ai allumé la télé : on passait un vieux western.

— Et les amis, qu'en fais-tu, Jérémie ? La télé, c'est bien beau, mais il n'y a pas que ça. À force de négliger tes amis...

C'est plutôt eux qui me négligeaient. Mais allez donc expliquer à votre mère que, si la télé est devenue votre seule alliée, c'est à cause de trois poupées de chiffon qui vous rendent la vie impossible.

Soudain, j'ai vu le salon tel qu'il était : vide. Et moi, tel que j'étais : allongé de tout mon long par terre. Situation peu commune, si l'on songe au fatras d'accessoires de théâtre qui l'encombrent habituellement.

— Mais où est passé tout le matériel ?

— Je l'ai retourné au théâtre. Comme je ne travaille plus, ils m'ont demandé de le rapporter. Ils mettent tout le monde à la porte. Je te parie ce que tu voudras que le théâtre fermera avant la fin de l'été, a-t-elle ajouté en quittant la pièce.

Dans mon dos, j'entendais le bourdonnement incessant des tantines qui multipliaient les critiques à mon endroit : posture, choix de l'émission, préférences alimentaires... Tout y est passé, ou presque. Inutile de préciser que je les ignorais complètement. A suivi une discussion sur les qualités de l'homme idéal. J'ai eu beau augmenter le volume, leur papotage m'envahissait.

— L'homme idéal, disait Margo aux deux autres, est celui à qui on inculque très jeune les principes fondamentaux de toute bonne éducation : respect d'autrui, courtoisie, loyauté et honnêteté. Tout enfant privé de cette éducation est un criminel en puissance.

— Ou pire, a renchéri Gaby : un télévore chronique.

Rires, gloussements.

— Ça vous ferait rien de baisser le ton ? Je regarde une émission, au cas où vous l'auriez pas remarqué. Et puis vous y connaissez quelque chose aux hommes, vous autres ? Vous êtes même pas des vraies femmes. Et encore moins des femmes idéales ! Alors, à votre place, je parlerais pas trop.

— Pourquoi penses-tu qu'on ne s'est jamais mariées ? a demandé Gaby. Pour une raison bien simple, Jérémie : l'homme idéal n'existe pas.

— Et, contrairement à ce que tu penses, on ne se croit pas parfaites du tout, a enchaîné Dorothée. On a nos petits défauts, comme tout le monde.

Petits ?

— D'accord, d'accord, ai-je dit. Mais à présent, si ça vous fait rien, j'aimerais bien regarder mon émission en paix.

— C'est que... nous avons un petit problème dont nous aimerions te parler, a fait

Margo en me poussant légèrement avec sa canne.

— Plus tard, ai-je dit en montrant l'écran.

On en était à l'instant crucial du hold-up, celui où les bandits s'en prennent au shérif en faisant tournoyer leur lasso.

— Ça ne peut pas attendre, Jérémie, j'en ai bien peur.

L'écran est devenu complètement noir. À l'instant où je me retournais, Gaby cachait la télécommande sous son gigantesque derrière.

— On voudrait aller au théâtre, a dit Margo. Aujourd'hui, si possible.

— Non, mais ça va pas??

— Sois poli, Jérémie.

— Pas question d'aller où que ce soit. Pas après ce que vous avez fait. Voler l'argent, le cacher, me laisser aller tout seul dans ce trou perdu...

— C'était ton idée, pas la nôtre.

— Pourquoi avoir gardé l'argent? Vous en avez pas besoin, vous le dites vous-mêmes.

— Pas trop tôt, a dit Gaby. On pensait que tu ne poserais jamais la question. L'argent, on en a besoin, mais pas pour ce que tu crois. On l'avait gardé ici pour s'en servir comme appât. Pour piéger les frères Banks, si tu préfères. Pour la récompense, comprends-tu? C'est à toi qu'elle revient, pas à ces andouilles de flics qui n'y connaissent rien. C'est pour ça qu'on ne pouvait pas te laisser rejeter l'argent à l'eau. On t'aurait déjà tout dit si tu ne nous avais pas évitées comme la peste depuis des jours.

— Les frères Banks savent pas qu'on a l'argent. Comment voulez-vous qu'on les attire ici?

— Simple, a rétorqué Gaby. Combien y a-t-il, dans cette petite ville, de garçons roux à lunettes qui portent une veste avec leur nom dessus?

— Zut! J'oubliais la veste. Vous auriez dû me le dire.

— Penses-tu! On a même fait plus: les magazines que tu as jetés au fond de l'eau sont tous adressés à ton nom. Et si les frères Banks n'étaient pas aussi stupides, il y a belle lurette qu'ils se seraient pointés ici.

— Ici? me suis-je écrié. Mais je veux pas les voir rappliquer ici! Vous auriez pu m'en parler avant!

— On n'était pas sûres que tu accepterais notre plan, Jérémie.

— Encore un autre de vos sales tours, hein? Et l'argent, il est où?

— En dessous de nous.

— Vous êtes assises dessus?

— Pas exactement. On l'avait caché sous le canapé, dans la boîte où ta mère avait rangé les vêtements qu'on portait avant ceux-là.

— De mieux en mieux, ai-je explosé. Une petite fortune sous mon propre canapé!

— Plus maintenant.

— ??

— Plus depuis que ta mère a retourné la boîte au théâtre.

— J'aime mieux ça, ai-je dit. Au moins, les frères Banks pourront pas s'en prendre à nous.

— Mais c'est précisément ce qu'on veut, Jérémie. Alors il faut récupérer la boîte au plus vite.

— Voler l'argent? Une seconde fois?

— Mets-toi un peu à la place des voleurs. Ils retrouvent nos traces et s'amènent ici. Si l'argent n'est plus là, je ne donne pas cher de notre peau — ou de nos guenilles, dans notre cas.

— Pense à ta mère, a dit Gaby. Imagine que quelqu'un mette la main sur l'argent, au théâtre. Argent rangé dans une boîte rapportée par ta mère, je te le rappelle.

Là, elles marquaient un point.

— Tu es d'accord? Bon, alors, plus une minute à perdre, Jérémie...

— J'ai pas dit que j'étais d'accord. De toute façon, on peut pas faire ça, c'est illégal.

J'ai rallumé la télé — manuellement! — et je me suis absorbé dans une autre émission.

— De grâce, Jérémie, fais-nous confiance.

Tu parles!

Mais, à bien y penser, leur plan n'était pas complètement idiot. L'argent serait mieux ici qu'au théâtre. Et, à cette heure-ci, il devait être vide.

— Bon, d'accord. De toute façon, j'ai pas le choix.

— Cher Jérémie! On savait qu'on pouvait compter sur toi. À présent, dis-moi, de quelle façon s'habille-t-on pour aller au théâtre? Ça fait tellement longtemps qu'on y a mis les pieds.

— On porte un imperméable, a répondu placidement Gaby. Il pleut.

Pendant qu'elles s'affairaient à se confectionner des ponchos avec des sacs à ordures, je suis sorti pour acheter les accessoires nécessaires à notre expédition. À mon retour, j'ai installé les tantines sur mon vélo. Toutes les trois... Je n'avais pas le courage de me battre et j'avais de nouveaux pneus.

De quoi j'avais l'air, juché sur mon vélo au milieu de trois énormes sacs verts, avec le parapluie de Gaby qui me bouchait presque totalement la vue, je ne le saurai sans doute jamais. Comme je ne saurai jamais comment on a réussi à se rendre jusqu'au théâtre sans encombre.

Les fenêtres du premier étaient placardées et, sur la porte, on avait placé un écriteau : TEMPORAIREMENT FERMÉ.

— Il va encore falloir forcer la serrure, je suppose, ai-je soupiré. On peut passer par en arrière.

— Ce serait l'idéal, a dit Gaby. Pour l'intimité.

J'ai déposé mon vélo dans la ruelle, complètement déserte à cette heure. Cette fois encore, l'épingle à cheveux de Margo a fait merveille : la porte s'est ouverte comme par enchantement.

Chasse au trésor

Une fois à l'intérieur, j'ai refermé soigneusement la porte. Seule une petite lucarne éclairait l'étroit vestibule.

— Il faudrait faire un peu de lumière, ai-je dit en cherchant le commutateur. On trouvera jamais rien comme ça.

— Ici, a répondu Dorothée en appuyant sur le bouton.

Rien.

— Ils ont dû couper le courant. Bon. Pas de problème, n'est-ce pas, Jérémie? Tu n'as pas peur dans le noir, on le sait.

— D'ailleurs, tu as tout ce qu'il faut, non? Où est la lampe de poche?

— Et nos déguisements? Tu ne les as pas oubliés, au moins?

— Les armes non plus, j'espère. On va en avoir sacrément besoin si jamais on est pris en flagrant délit.

— Vous regardez trop la télé!

J'ai ouvert mon sac; il contenait en tout et pour tout vingt mètres de corde à linge, quatre tablettes de chocolat et trois paires de patins à roues alignées. Les tantines avaient l'air déçues.

— On n'est pas venus à une fête d'anniversaire, que je sache, a fait Margo.

— Vous pensiez tout de même pas que j'allais vous trimballer toutes les trois à travers le théâtre! La corde et les patins, c'est pour vous; le chocolat, c'est pour moi.

— Patiner? a protesté Margo. Mais on ne peut même pas marcher, Jérémie!

Elle avait l'air vraiment insultée, ma parole!

— Moi, les patins, j'adore, a dit Dorothée. J'ai toujours voulu essayer ça. Vite, Jérémie, aide-moi à les enfiler.

Aussitôt dit, aussitôt fait. J'avais devant moi trois tantines à roulettes.

Je les ai alignées l'une derrière l'autre et, pour les faire tenir debout, je les ai tout simplement ficelées ensemble, à la hauteur des aisselles et des hanches. Et j'ai tiré doucement... Tout ce beau monde s'est mis en branle, cahin-caha au début, puis avec de plus en plus d'assurance, au fur et à mesure que les tantes gagnaient en équilibre et moi, en vitesse.

— Quelle merveilleuse sensation ! s'est écriée Gaby en élevant un bras pour me saluer. Plus vite, Jérémie.

— J'ai l'impression de voler, a renchéri Dorothée. Comme un oiseau, comme un avion...

— Génial, Jérémie, a concédé Margo. Au travail, à présent.

Elle a ouvert la porte qui donnait sur le vestibule principal ; il avait été vidé de tous ses meubles, à l'exception du kiosque de la billetterie. Quelque chose a frôlé mon pied. J'ai fait un bond en arrière et embouti Margo qui a embouti Dorothée... et ainsi de suite.

— Ce n'est qu'une souris, a dit Gaby. Qu'est-ce que tu pensais que c'était ? Un des frères Banks ?

— Vous avez eu la frousse, aussi. Dites pas le contraire.

— Mais qu'est-ce qu'on a à craindre ? Rien, rien du tout. À moins, évidemment, que les frères Banks aient élu domicile ici. Si c'est le cas, on n'a absolument pas peur. On sait que tu es là !

— Vous... vous pensez qu'ils pourraient se-se ca-cacher ici ?

— Du calme, Jérémie. Respire par le nez. De toute façon, on n'a plus le choix, à présent. On ne peut plus reculer. À moins, évidemment, que tu préfères t'en retourner chez toi.

« Excellente idée », ai-je pensé en tirant brutalement sur la corde.

— Comment voulez-vous qu'on trouve l'argent ici ? ai-je dit avec humeur. C'est comme chercher une aiguille dans une botte de foin.

— D'après toi, où ta mère aurait-elle pu déposer la fameuse boîte ?

— D'habitude, les accessoires de théâtre sont rangés dans une des pièces du haut.

— En route, Jérémie. On est derrière toi, c'est le cas de le dire.

Facile à dire. Je n'allais tout de même pas les monter une après l'autre ! Au milieu du bric-à-brac, j'ai avisé une planche de contre-plaqué, que j'ai jetée sur les marches. Pas à pas, moi de reculons, elles de face, nous avons gravi la pente sans trop de difficulté. Le seul ennui, c'est qu'une fois en haut, Gaby, aussitôt imitée par les deux autres, a eu l'idée géniale de lâcher la corde et de se laisser descendre en poussant des cris de joie. Il m'a fallu répéter l'opération une deuxième fois, puis une troisième.

En haut de l'escalier, il n'y avait qu'un

vestibule sur lequel donnaient plusieurs portes, toutes fermées : deux salles de bains, un bureau et une salle d'habillage, vide à l'exception d'un immense miroir au centre. En ouvrant la porte, j'ai failli hurler de peur en apercevant notre image. À côté de moi, j'ai entendu les tantes déglutir péniblement. La dernière porte s'ouvrait sur... rien du tout. En tout cas, je n'y voyais strictement rien. J'ai fait un pas en avant et je me suis retrouvé enveloppé à l'intérieur d'une substance molle et suffocante. Encore là, j'ai failli me mettre à hurler.

— Des rideaux, a dit Dorothée, tout près. L'auditorium est de l'autre côté. Ici, ce doit être l'entrée de la scène. Chouette ! J'ai toujours rêvé de me retrouver sur une scène.

On a franchi plusieurs couches de rideaux avant d'arriver à l'air libre. Enfin ! Devant nous s'alignaient des rangées et des rangées de sièges vides. Comme si nous étions figurants dans un spectacle d'horreur, sans le moindre spectateur.

— On fiche le camp d'ici, ai-je bafouillé. Les frères Banks sont peut-être tout près.

— Que non ! a dit Gaby. Je plaisantais, voyons.

— Il y a une autre porte derrière, a dit Margo.

On a retraversé la mer de rideaux et j'ai ouvert la porte. Obscurité totale. J'ai fait un pas en avant et... je suis tombé dans le vide, les tantines par-dessus moi. CRASH!

— Qu'est-ce qui se passe?

— Il y avait un escalier, cher, mais on dirait bien que tu as raté la première marche.

— Regardez! s'est écriée Margo. La pièce où on range les décors.

Il y régnait un tel capharnaüm qu'il était impossible d'y distinguer quoi que ce soit. Costumes, accessoires, morceaux de décor, tout était pêle-mêle.

— On en sortira jamais, ai-je murmuré, découragé.

J'ai laissé là les tantes et me suis mis à l'ouvrage. Dix minutes plus tard, j'avais trouvé. L'argent était bien là, empilé avec soin.

— Toutes nos félicitations! À présent, sortons d'ici au plus vite!

Le retour m'a causé plus de problèmes que l'aller. Une fois en bas, j'ai attaché ensemble la boîte, mon sac et le paquet de tantes, débarrassées de leurs patins. J'ai chargé le tout sur mes épaules et j'ai foncé dehors, sous la pluie qui tombait toujours à verse.

Que faire à présent? Il n'y avait pas suffisamment de place sur le vélo. La boîte était de trop. Une seule solution : faire deux voyages. Mais je commençais par qui ? Ou par quoi ? Par les tantines, en laissant l'argent sur place ? Cela signifiait revenir à la case départ. Par l'argent, en le laissant chez moi sans surveillance le temps que je revienne chercher les tantes ? Pas question ! Si les frères Banks étaient déjà là à m'attendre... Et s'ils s'en prenaient à moi, ou à l'argent ? Quel dilemme, sapristi !

— Chut ! a chuchoté Dorothée. La police !

Une bombe à retardement

— On y va !

J'ai déposé mon fardeau sur la barre du vélo et j'ai pris mes jambes à mon cou, en courant à côté de la bicyclette. Un délinquant, voilà ce que les tantines avaient fait de moi. Vols par effraction, délit de fuite... Je ne valais guère mieux que les frères Banks.

— Si jamais ils m'attrapent, je vais avoir de sérieux ennuis, ai-je dit tout essoufflé, en jetant un œil derrière moi.

— C'était une blague, Jérémie, a dit Dorothée. Ce n'était pas la police. On en avait assez d'attendre sous la pluie que tu te décides.

— Ah non !

J'ai stoppé tout net, manquant d'envoyer valser les tantines.

— J'avais même pas peur !

— Pour quelqu'un qui n'a pas peur, tu cours drôlement vite.

Ma mère était sortie faire les courses quand je suis arrivé à la maison. Encore heureux! Après avoir débarrassé les aventurières de leur enveloppe de plastique, je les ai réinstallées au salon et j'ai caché la boîte, à moitié détrempée, sous le canapé.

— Satisfaites? ai-je dit. On a récupéré l'argent et on est dans la mélasse, à présent. Alors, qu'est-ce qu'on fait? Vous avez pas une idée? D'habitude, c'est pas ça qui manque!

— Nous en avons une, a répondu posément Gaby. Attendre que les voleurs se pointent, les livrer à la police, en même temps que l'argent, et toucher la récompense.

— On serait mieux de tout dire à ma mère. Et à la police. Comme ça, bon débarras!

— Laisser passer une occasion pareille! Tu devrais avoir honte, Jérémie. Et nous qui te pensions courageux! Froussard, va!

— J'ai une idée! On pourrait retourner l'argent à la banque! Par la poste! De façon anonyme!

— Et les empreintes digitales, qu'est-ce que tu en fais?

— Tout ce que je veux, c'est me débarrasser de ce maudit argent, ai-je marmonné en m'emparant d'une deuxième tablette de chocolat.

— Brûle-le, alors, a dit Gaby. Et ruine tous nos plans, tant qu'à y être.

— Moi, le feu, je n'y tiens pas vraiment, a dit Margo. Mais il faut trouver une meilleure cachette pour l'argent ; ta mère pourrait le trouver.

— Dépêchez-vous, dans ce cas. Elle va être là d'une minute à l'autre. Elle est juste sortie faire un saut à l'épicerie et à la banque.

— La banque ! s'est écriée Gaby.

— L'endroit idéal pour cacher de l'argent ! a renchéri Margo.

— Vous pensez quand même pas que je vais aller déposer ce gros tas d'argent à la banque ! Et dans quel compte ? Dans le mien, peut-être ?

— Pas cette banque-là, andouille ! Celle-ci, a répondu Gaby en enfonçant un doigt dans le coussin sur lequel elle était assise. C'est là que tu gardes ton argent, non ?

— On pourrait répartir le magot entre les trois coussins, a proposé Dorothée.

Je les ai regardées sans rien dire, en mâchouillant ma troisième tablette.

— Ça me va, ai-je fini par dire.

J'ai retiré le peu d'argent qui me restait — 17,27 $ — et je l'ai caché dans le sac de Margo. J'ai sorti le magot de la boîte et j'ai fait trois paquets d'égale grosseur. Dix minutes plus tard, tout était terminé. Bien malin qui aurait pu deviner que les tantines étaient assises sur une mine d'or. J'ai avalé la dernière tablette de chocolat.

— Assises sur une mine d'or, c'est le cas de le dire, a gloussé Dorothée.

— C'est sur une bombe à retardement que vous êtes assises! Si les frères Banks rappliquent, on fait quoi?

— Ce qui est fait est fait, a dit Margo.

— Détends-toi, Jérémie.

Dorothée a allumé la télé.

— Oh non! Pas une reprise de *L'Homme idéal*.

C'était l'émission sur l'amitié.

— Que veux-tu savoir sur l'amitié? a dit Margo. On peut t'en dire cent fois plus que cet abruti.

— Comment ruiner une amitié, par exemple?

— Tu parles de Rick, je suppose? a dit Gaby. Tu ne peux tout de même pas nous faire porter le chapeau chaque fois que tu as un problème, Jérémie.

— Les querelles pimentent l'amitié, a cru bon de faire remarquer Margo. Vous allez vous réconcilier, Rick et toi ; vous en avez autant envie l'un que l'autre.

— Les vrais amis se font confiance, ai-je dit. Ils partagent tout, aussi. C'est pas comme vous !

Elles se sont regardées, gênées. Dorothée s'est penchée et a murmuré quelque chose aux deux autres.

— Qu'est-ce que vous complotez encore ? Vous voyez bien que j'ai raison. Je peux pas vous faire confiance. Jamais !

Géniale, comme idée!

Les jours qui ont suivi ont été un véritable enfer. J'avais la frousse de rester à la maison autant que d'en sortir — à cause des frères Banks, qui pouvaient rappliquer d'un instant à l'autre. Pendant la journée, ça pouvait encore aller. Il m'arrivait même de faire de brèves sorties à vélo. Mais la nuit! Ils viendraient la nuit, j'en étais sûr. Alors je les passais presque toutes les yeux grands ouverts, à épier le moindre bruit, à imaginer toutes sortes de choses... Ce que je craignais par-dessus tout, c'était de m'endormir. Me réveiller raide mort, ça ne me disait rien du tout.

— Tu t'en fais trop, Jérémie, me répétaient les tantines. Tout est sous contrôle, fais-nous confiance. On a tout prévu.

***

Chaque matin, j'allumais la radio en espérant que la police ait mis la main au collet des frères Banks. Après une semaine de ce régime, j'en ai eu assez. Assez d'attendre, de m'inquiéter à propos de l'argent caché. Il fallait à tout prix que les tantes me mettent au courant de leur plan, et vite!

— Déjà debout? a fait ma mère, installée au salon avec un plat de gaufres et un bloc-notes.

Ce n'était vraiment pas mon jour de chance.

— Dieu! que tu es pâle, Jérémie! Tu devrais peut-être aller voir le médecin.

Pâle? Pas étonnant: j'étais à moitié mort de peur depuis des jours.

— Ermite, va, a soupiré ma mère. Je suppose que c'est normal d'être solitaire à ton âge, mais pourquoi ne pas téléphoner à Rick? Sortir un peu? Te trouver une petite copine? Tu me sembles un peu jeune pour ça, mais...

— Une copine? Oublie ça, maman!

J'avais déjà assez d'ennuis comme ça!

— Tu arrives à un âge... difficile, a repris ma mère. À mi-chemin entre l'enfance et l'âge adulte. La transition n'est pas facile, j'en conviens, mais...

— Ça sent drôlement bon, ai-je dit pour couper court. J'ai une faim de loup, tout à coup. Que dirais-tu de me préparer ton fameux mélange yaourt-gruau? Avec du germe de blé et un jaune d'œuf cru? C'est tellement nourrissant!

— Ah bon? a-t-elle demandé, interloquée. Je croyais que tu détestais ça. La dernière fois, tu l'as refilé au chat du voisin. Tu commences à m'inquiéter sérieusement, Jérémie.

— Je suis juste un peu fatigué, c'est tout.

— Alors pourquoi te lever aussi tôt?

— Oh... seulement pour écouter le bulletin de nouvelles.

— À propos, Jérémie, tu me dois encore vingt-neuf dollars pour les nouvelles fringues des mannequins. Ils y mettent le temps pour la récompense, dis donc! a-t-elle ajouté en se levant

Évidemment, je ne les avais pas, les vingt-neuf dollars. Il me faudrait bien tondre trois ou quatre gazons.

Elle est revenue plus vite que prévu et j'ai dû me forcer à avaler son horrible mixture, avec le sourire en plus.

Elle a passé presque toute la journée au salon en trimballant son bloc-notes, ce qui fait que je n'ai pas trouvé une minute pour parler aux tantes.

— Qu'est-ce que tu fabriques avec ton bloc-notes?

— Comme je n'ai plus de boulot, je m'exerce à... écrire. Je fais aller mon imagination.

— Ah oui? Tu écris quoi? Un article pour une revue? Un téléroman? Un livre pour enfants?

— Des drames d'horreur! J'ai un certain talent pour ce genre de truc. Du moins, je crois. Et puis, c'est payant. Un peu d'argent ne nous ferait pas de tort, pas vrai?

Si elle avait su!

***

J'ai fini par avoir ma chance. Ma mère a quitté le salon pour préparer le souper.

— C'est à prendre ou à laisser, ai-je dit précipitamment. Si vous me dites pas ce que vous comptez faire avec les frères Banks, je... je...

— Tu quoi?

— Tu vas craquer? T'évanouir? Aller le dire à ta mère?

— Tu devrais te distraire un peu, a dit Margo en imitant ma mère. Peut-être qu'une petite copine, en effet...

Je les ai plantées là et j'ai rejoint ma mère à la cuisine. Au menu, du poulet. Qui goûtait le gruau, allez savoir pourquoi.

Après souper, on s'est préparé une montagne de maïs soufflé et on s'est installés devant la télé. On passait un film d'horreur: un pauvre type égaré sous terre, capturé par des vers de terre géants. L'idéal pour me faire oublier mes inquiétudes, même si ma mère n'arrêtait pas, elle aussi, de déblatérer contre la télévision.

— Ça tue l'imagination, disait-elle. Contrairement aux livres et aux jeux.

— Alors pourquoi tu l'écoutes?

— Pour les nouvelles, c'est tout. J'ai lu un article là-dessus: on dit que l'abus de télévision fausse la perception de la réalité. Sans parler de ces horreurs de films qui vous donnent des cauchemars.

Moi, je le trouvais plutôt rigolo, le film. En tout cas, mille fois moins effrayant que la vraie vie.

— Pourquoi tu le regardes, alors?

— Pour être avec toi, Jérémie. On ne passe pas assez de temps ensemble, toi et moi. C'est à peine si on a discuté cet été. On n'a rien fait ensemble, non plus, aucun jeu, rien. Tu as tellement grandi...

Soupir.

Les tantines opinaient discrètement du bonnet. Elles avaient vraiment le chic pour vous gâcher la soirée.

Je suis monté me coucher complètement épuisé.

***

Quand je me suis réveillé, j'avais la solution à mon problème : je pouvais prouver à Rick que les tantines parlaient. Et cette solution, c'est Fergus Phillips en personne qui me l'avait soufflée. Il suffisait de filmer les tantines. Je n'avais pas de caméra vidéo, mais Rick en avait une, lui. Je pourrais l'inviter à la maison et lui demander de me filmer pendant que je parlerais aux tantes, à leur insu bien entendu. Quand elles se verraient à la télé, elles ne pourraient plus continuer à se taire devant Rick. Je trouvais mon idée absolument géniale. Et drôle. Voir les tantines à l'écran, multiplier les commentaires sarcastiques, rire d'elles... Elles m'avaient saboté tellement d'émissions !

Le cœur plein d'espoir, j'ai téléphoné à Rick. Peut-être que tout n'était pas terminé entre nous, après tout.

— Ici la morgue...

— Salut. C'est Jérémie.

— Ravi de t'entendre, Jérémie.

— C'est vrai, ça ?

— Sûr que c'est vrai. Il y a une fête ici ce soir et je voulais justement t'inviter... J'avais peur que tu dises non.

— Ah!

— Tu peux?

Sapristi que c'était tentant! Ma mère était invitée, elle aussi. Mais je ne pouvais pas laisser les tantes toutes seules. Il fallait quelqu'un pour garder la maison.

— Zut! Je peux pas. J'aurais vraiment aimé y aller, mais c'est impossible. À moins... à moins que tu viennes chez moi cet après-midi avec ta caméra vidéo.

— Impossible. J'aide mon père à préparer la bouffe. Et pourquoi veux-tu que j'apporte ma caméra? Je pensais que mon répondeur suffisait...

— Ton répondeur? Qu'est-ce qu'il vient faire là-dedans?

— Oublie ça. Mais la caméra, c'est pourquoi?

— Je peux pas te le dire, pas maintenant. Je voudrais bien, mais je peux pas. Demain seulement. Si tu viens ici avec ta caméra.

Contrairement à ce que je croyais, Rick ne s'est pas mis en rogne. Il a plutôt eu l'air déçu, mais a promis de venir le lendemain.

J'ai passé le reste de la journée dans un état de surexcitation que j'avais peine à cacher. Pour une fois que j'avais un secret! Juste retour des choses, quand on pense à tout ce que les tantines m'avaient caché. Mais la menace des frères Banks planait toujours sur la maison et mon inquiétude allait croissant.

Vers 20 heures, ma mère est descendue au salon à l'improviste. En une fraction de seconde, les tantines ont abandonné le livre qu'elles lisaient. Quelle idée aussi de laisser traîner des livres et des revues! Ma mère allait finir par avoir des doutes. Ou me croire fou.

— Je crois que je sais ce qui ne va pas chez toi, Jérémie...

— Ah oui? Quoi donc?

— Je me demandais pourquoi tu passais autant de temps devant la télé. Je le sais, à présent.

J'attendais, le souffle court.

— Tu es un *télémaniaque*.

De soulagement, j'ai éclaté de rire.

— Je ne vois pas ce que cela a de drôle, Jérémie. Tu écoutes n'importe quoi. La preuve : la télé est allumée même quand tu lis. L'autre jour, tu n'as pas raté un seul bulletin de nouvelles. Tu crois que c'est normal?

— Je me tiens informé, tu devrais applaudir.

— Et la vie, Jérémie? Qu'est-ce que tu fais de la vie? Tu passes tes journées à observer des mannequins. Sors, amuse-toi, fais quelque chose, vis ta vie ! D'ailleurs, pourquoi ne viens-tu pas à la fête, ce soir ?

— Tu vas être en retard si tu te dépêches pas.

— Les rôles sont inversés. Je m'en vais bambocher et toi, tu restes à la maison bien sagement. Tu trouves ça normal ?

Haussement d'épaules.

— Je ne veux pas me mêler de tes affaires, Jérémie, mais je n'aimerais pas te voir vieillir tout seul dans ton coin.

— Tu t'inquiètes pour rien, maman, ai-je dit de mon air le plus convaincant. Ça va aller, je t'assure.

— Je n'aime pas beaucoup te laisser seul à la maison, même si tu es assez vieux maintenant. Mais je t'aime, vois-tu ? Alors je m'inquiète pour toi. En tout cas, si tu changes d'avis, téléphone et je viens te chercher.

Elle s'est approchée et m'a serré tellement fort que j'en ai eu les larmes aux yeux.

Au moment de s'engager dans la rue, elle a klaxonné brièvement, comme elle le fait toujours pour me dire au revoir. Si seulement j'avais pu l'accompagner...

— Tu te rends bien compte, j'espère, a dit Margo en glissant un signet dans son livre, à quel point ta mère a raison. Ce n'est pas normal d'avoir une vie aussi terne à ton âge.

— Terne? Vous voulez rire? Terrifiante, plutôt. Grâce à vous, entre autres.

— Et si on fêtait, nous aussi? a suggéré Gaby. On adore ça, les fêtes, et on les réussit à merveille. Pas vrai, les filles?

Une fête? Pourquoi pas?

— Pour une fois, je vous donne raison, ai-je dit. Une fête? Excellente idée.

Pizza et peur bleue

J'ai commandé une énorme pizza ananas-jambon-olives, sans me préoccuper des remarques que les tantines ne manqueraient sûrement pas de faire. J'ai même poussé l'audace jusqu'à commander des croustilles, des arachides et des boissons gazeuses.

On a joué aux cartes, un jeu très sage qui nous a pris une éternité tellement elles étaient lentes. Je gagnais à tout coup et cela m'a rendu tellement euphorique que je me suis laissé aller à leur parler du journal de Fergus.

— Il y a quelque chose que je voulais vous dire...

— Est-ce que tu nous cacherais des choses, par hasard? a dit Gaby. Après tout ce qu'on a fait pour toi! On ne mérite pas ça, il me semble.

— Des secrets, j'ai le droit d'en avoir, moi

aussi, ai-je riposté en pensant à la caméra de Rick.

— Bon! Voilà qu'il fait des plans sans nous consulter, à présent, a soupiré Dorothée. On ne peut vraiment pas lui faire confiance.

— C'est à vous qu'on peut pas faire confiance, ai-je éclaté. Au début, je vous ai crues, je vous pensais honnêtes. Mais vous m'avez trahi, vous m'avez mis dans le pétrin jusqu'au cou, vous avez mis en péril ma vie et celle de ma mère, juste... juste à cause de votre fichu besoin de distractions. Les sensations fortes, c'est tout ce qui compte pour vous. Entrer chez les gens par effraction, les voler, c'est pas grave, ça? Vous êtes les personnes les plus malhonnêtes que je connaisse. Entre vous et les frères Banks, il y a pas une grande différence.

Silence de mort. Les tantines s'étaient redressées et regardaient droit devant elles. C'est Margo qui a rompu le silence :

— Ce n'est pas ce qu'on a voulu faire, Jérémie. Nous sommes désolées de voir la façon dont tu interprètes nos agissements. C'est un malentendu, un profond malentendu, parce que, vois-tu, on pensait que tu étais fier de nous. Après toutes les aventures que nous avons vécues ensemble, on croyait former une bande à part, unie par l'amitié, la vraie. Bien sûr, nous avons fait tout ce que tu dis, mais c'était uniquement...

On a sonné à la porte.

Nouveau silence. Je suis resté pétrifié.

— Tu ne vas pas répondre? C'est la pizza, je suppose.

Soupir de soulagement.

— Ah oui, c'est vrai. J'avais oublié.

Je suis allé répondre. Personne.

Sonnerie à la porte d'en arrière.

— Il a dû faire le tour, ai-je dit, comme si ce n'était pas déjà assez évident. J'y vais.

Il m'a semblé apercevoir Dorothée qui saisissait le combiné du téléphone. Bon. Qu'est-ce qu'elles tramaient encore? J'ai ouvert la porte d'un geste brusque : Eddy Banks se tenait devant moi.

Avec ses deux frères derrière. Enfin, je suppose que c'étaient ses deux frères. Le plus vieux — teint pâle, cheveux blancs — portait une prothèse acoustique et tenait une mallette. Il a poussé les deux autres à l'intérieur, tiré la porte derrière lui et fermé le verrou. L'autre, le gros aux mains sales et à la cicatrice, m'a aussitôt mis en joue.

— Salut, fiston, a fait Eddy. Comme on se retrouve!

J'ai reculé jusqu'au salon, trop affolé pour ouvrir la bouche.

— Tu as sûrement un tas de choses intéressantes à nous raconter. Tu pourrais nous dire où se trouve l'argent, par exemple.

— Je... je... j'en ai plus beaucoup, ai-je articulé de peine et de misère en louchant vers le canapé. Ne tirez pas, d'accord? Prenez la télé, elle vaut cher.

— Te paye pas ma tête, d'accord? Le magot! Et en vitesse!

— Hé, dites donc, les gars, a fait l'homme au revolver. Regardez-moi ces trois donzelles. Celle de gauche me rappelle quelque chose. C'est pas elle qui était dans la boutique?

— Ça se pourrait bien, a répondu Eddy en se penchant vers Dorothée. Comment elle est arrivée jusqu'ici, celle-là? Y'a quelque chose de pas catholique là-dessous.

Margo a toussoté et s'est tournée vers les trois hommes:

— Bonsoir, messieurs. Nous vous attendions, justement.

L'effet a été instantané: les trois frères ont fait un bond en arrière avant de retraiter derrière le fauteuil où je m'étais réfugié. Le gros a dirigé son revolver vers Margo.

— Ne tirez pas! ai-je crié.

— Quel malheur de ne pas avoir plus de manières ! a déclaré très dignement Margo. S'introduire comme ça chez les gens ! En plein milieu d'une fête, en plus. Enfin... Dites donc, messieurs, vous y avez mis le temps !

— Elle parle, a dit Eddy, blanc comme un linge. Des revenantes, a-t-il ajouté en reculant vers la porte. Tiens-les en joue, Arsène.

— Une minute ! ai-je crié. Je peux tout vous expliquer. Ce sont mes tantes. Elles habitent ici, mais elles peuvent pas marcher. Elles vont pas vous faire de mal, alors tirez pas, d'accord...

Eddy a eu une sorte de gloussement gêné :

— Ça m'aurait surpris, aussi. C'est pas des esprits, les gars, ces bonnes femmes-là sont aussi vivantes que vous et moi. Déguisées pour une mascarade, mais bien vivantes. Nous, les déguisements, on connaît. Les masques aussi. Ha, ha, ha ! Et si ça se trouve, c'est trois jeunes déguisés en vieilles chipies.

— Tu es sûr qu'on peut leur faire confiance ? a demandé Mortimer, le plus vieux des trois.

— Voyons donc ! Qu'est-ce que tu veux qu'ils nous fassent ? Trois donzelles et un moucheron.

— À ce que je vois, la police ne vous a

pas encore mis la main au collet, a dit Margo, les lèvres pincées.

— On aurait jamais été pris la première fois si quelqu'un avait pas vendu la mèche, a déclaré Eddy en jetant des regards soupçonneux vers Dorothée et moi.

— Oh, le vilain! a fait Dorothée en s'ébouriffant coquettement les cheveux. Pensez-vous vraiment que j'aurais dénoncé trois gentilshommes comme vous?

Eddy a souri bêtement avant de redevenir sérieux :

— Revenons-en à nos moutons. Où est l'argent?

Il a fait un pas vers moi.

— Tu as dû te marrer, ce matin-là, quand tu as jeté le paquet à l'eau. Tout ce temps-là, je pensais que c'était l'argent.

— Moi aussi!

— Drôle d'argent, ouais. Je me suis farci cet horrible trou d'eau pour aller chercher quoi? Du papier! Empaqueté dans des petites culottes, en plus!

— Des petites culottes?

Gaby a éclaté de rire, Dorothée a souri et Margo a réussi à se retenir.

— La ferme, les poulettes! a hurlé Eddy,

rouge de colère. Je vais vous rabattre le caquet, moi !

Là, elles se sont tout bonnement esclaffées. De nervosité, j'ai commencé à rire moi aussi. En moins de deux, on était tous les quatre pliés en deux. Façon de parler, évidemment. Eddy a pris le revolver des mains de son frère et a dirigé le canon vers nous.

— Si dans deux minutes vous me dites pas où est caché l'argent, je...

— Commencez d'abord par baisser votre jouet, a dit Margo posément.

Eddy a obtempéré.

— D'abord, a repris Margo en pliant soigneusement ses gants, je vous demanderais de laisser Jérémie en dehors de tout ça. Il ignorait absolument tout à propos de l'argent. Ces deux dames et moi-même prenons l'entière responsabilité de ce qui arrive. Et au cas où vous ne l'auriez pas déjà compris, c'est évidemment nous qui sommes responsables de votre première arrestation. Ça a été plus fort que nous, voyez-vous ? Un tel manque de manières ! Une telle désinvolture par rapport à la justice ! Quand nous avons entendu ce fameux bulletin de nouvelles, nous avons déduit la suite et nous sommes tout simplement allées récupérer l'argent. Quant au piège que nous vous avons tendu, Jérémie en ignorait absolument tout aussi. Il a beaucoup insisté, au contraire, pour aller remettre l'argent là où on l'avait trouvé. Nous avons obtempéré à ses désirs, mais pas avant d'avoir remplacé l'argent par des magazines, bien sûr. Pour ce qui est de l'emballage, eh bien, mettez ça sur le compte de...

— De l'humour, a terminé Gaby.

— Où est le magot? a aboyé Eddy.

— Caché, a répondu Margo, toute fière.

— Pas pour très longtemps, a rétorqué Eddy en s'approchant d'elle.

Le téléphone a sonné. J'allais répondre quand il a fait volte-face :

— Laisse sonner, fiston. Comme ça, ils vont croire qu'ils se sont trompés de numéro.

Il était presque 23 heures. Qui pouvait bien téléphoner aussi tard? Rick? Peut-être avait-il changé d'idée et décidé de venir aujourd'hui au lieu de demain? Ou le livreur de pizzas qui vérifiait le numéro de téléphone?

— C'est sans doute la mère de Jérémie, a dit Dorothée. À votre place, je le laisserais répondre. Elle va s'inquiéter, sinon.

Le téléphone sonnait toujours.

— Ouais, a fait Eddy en pointant le revolver sur Gaby. Vous! a-t-il ordonné. Vous dites qu'ils se sont trompés de numéro, ensuite vous déposez le combiné sur la table. Sans raccrocher. Compris?

Gaby s'est penchée vers la table à café et a approché le téléphone vers elle:

— Allô? a-t-elle répondu, en parlant dans l'écouteur au lieu du microphone. Allô? Allô? Pas de réponse, a-t-elle murmuré. C'est peut-être un maniaque...

— Si vous parliez du bon côté..., a soufflé Eddy.

— Elle connaît pas ça, le téléphone, ai-je expliqué. Elle a jamais parlé dans un téléphone avant.

— Qu'est-ce que tu en sais? a protesté Gaby. Bien sûr que j'ai déjà... Enfin...

Tout ce temps-là, on entendait s'égosiller une voix angoissée à l'autre bout du fil. Celle de ma mère:

— Jérémie? C'est toi, Jérémie?

J'ai levé les yeux vers Eddy, qui suait à grosses gouttes.

— O.K., parle-lui, mais fais bien attention à ce que tu vas dire, a-t-il dit en élevant la crosse du revolver au-dessus de ma tête.

— Maman? Oui... non, tout va bien, rassure-toi. Je t'entends mal, il y a de la friture...

Eddy approuvait en hochant la tête.

— Quoi ? Non, pas vraiment. Je m'ennuie pas... Ouais... D'accord... Oui... Non.

Les tantines ne me lâchaient pas des yeux. Du coin de l'œil, je voyais la crosse se rapprocher lentement.

— Bon. Écoute... à plus tard, d'accord ? Je veux pas rater le film. Lequel ? Oh ! Un... suspense, un drame, je pense. Ben non, j'ai pas peur, voyons. Bon, amuse-toi bien. Salut.

— Pas mal, fiston. Tu as l'étoffe d'un vrai criminel. Bon, au travail, les gars, a-t-il ajouté en déposant le revolver sur la table.

Au moment où ils empoignaient les tantines à bras-le-corps, j'ai bondi du fauteuil et j'ai saisi le revolver, en faisant tomber le bol de croustilles et la pile de revues qui se trouvaient sur la table.

Claustrophobie

Avant de comprendre ce qui m'arrivait, j'étais derrière les frères Banks, le revolver braqué dans leur dos.

— Un seul mouvement et je vous transforme en passoires !

Non mais, pour qui se prenaient-ils ? Ils n'allaient tout de même pas me briser mes tantines !

— Pour l'amour du ciel, Jérémie ! a dit Dorothée. Dépose cet engin sur la table. Tu pourrais blesser quelqu'un.

— On bouge plus, ai-je dit tout doucement en me plaçant devant les trois hommes.

Eddy avait peut-être raison : j'avais l'étoffe d'un criminel. Tout me semblait si facile.

— Donne-moi ça, Jérémie, a dit Gaby. Vraiment ! Tu devrais avoir honte !

— T'énerve pas, fiston, et penses-y à deux fois, a dit Eddy, avec un début d'inquiétude dans la voix. Que comptes-tu faire, à présent ? Appeler la police ? Nous descendre ?

Ni l'un ni l'autre, il le savait aussi bien que moi.

— Est-ce qu'on va rester là à attendre que sa mère revienne ? a demandé Arsène.

— Tout ce que je veux, c'est que vous fichiez le camp d'ici, ai-je dit, la voix blanche. Allez-vous-en et laissez-nous tranquilles !

— Tu commences à avoir la trouille, pas vrai, fiston ? Et si on s'en va pas ? Si on reste ? On a pas peur, nous. Regarde : tout ce qu'il y a de plus calmes.

C'était comme dans un rêve. Je regardais les frères Banks, puis les tantines. Et leur plan, où était-il passé ? Avaient-elles vraiment projeté de capturer les trois voleurs ? Je n'en étais plus sûr.

— Messieurs, la victoire est à vous, a dit Margo tristement. Si on vous remet l'argent, promettez-vous de quitter les lieux sur-le-champ ?

— Promis, ma belle, a dit Eddy en grimaçant un sourire.

— D'accord, a repris Margo. Jérémie, aurais-tu l'obligeance de remettre les coussins à ces messieurs.

— J'en étais sûr, s'est écrié Eddy en faisant un pas en avant.

Il s'est arrêté tout net en apercevant le revolver braqué sur lui.

Je venais de comprendre. Les tantines avaient bel et bien un plan! Laisser les voleurs s'emparer de l'argent pendant que je téléphonerais à la police en les tenant en joue avec leur propre revolver. Une fois les flics sur les lieux, je pourrais raconter n'importe quelle histoire. Que les voleurs s'étaient introduits chez nous et m'avaient pris en otage, par exemple. Qu'ils demandaient qu'on mette un hélicoptère à leur disposition. N'importe quoi. La police préférerait cent fois ma version à celle des voleurs. J'ai donc joué le jeu en réprimant difficilement un sourire: j'ai soulevé les tantines du canapé et j'ai remis un coussin à chacun des voleurs.

— Merci, Jérémie, a dit Margo. À présent, redonne le revolver à monsieur Banks, s'il te plaît.

— Le revolver? Pas question!

Et le plan, sapristi? Et ma vie, sapristi! Elle s'en fichait? Rendre le revolver, c'était signer mon arrêt de mort.

— La violence ne mène à rien, Jérémie, a dit sévèrement Margo. Et ce n'est pas parce que les criminels en usent qu'il faut les imiter, a-t-elle ajouté en regardant les trois Banks, qui vidaient allègrement les coussins de leur trésor.

Gaby, qui était tout près, m'a pris le revolver des mains.

— À présent, messieurs, a dit Margo, je vous demanderais de nous laisser. Vous avez l'argent, alors sortez d'ici. Immédiatement ! Et ne nous remerciez pas, surtout. Nous ne saurions que faire de votre gratitude.

Dorothée a adressé aux frères Banks son sourire le plus enjôleur.

— Avec plaisir, madame, a dit Eddy. Que ça vous plaise ou non, on est bien élevés. Pas vrai, les gars ? Et pour rien au monde on chercherait à s'en prendre à trois dames comme vous. Parce que vous êtes de vraies dames, dame oui ! Même si votre accoutrement est pas ce qu'il y a de plus... moderne. Bon, on s'en va. La grande Gertrude nous attend dehors. Elle est stationnée au coin de la rue.

Et il a rajouté, en me fixant :

— Eh oui, fiston. On a laissé tomber Bertha. On aime les changements, que veux-tu.

Il a ensuite regardé Gaby et lui a tendu la main. Gaby lui a remis l'arme.

— Faites pas ça, ai-je crié. Il va nous tirer dessus. Vous avez déjà vu des bandits respecter leur parole ?

J'ai fermé les yeux, m'attendant au pire. Quand je les ai rouverts, Eddy avait glissé le revolver dans sa ceinture et se dirigeait vers la porte, suivi des deux autres. Je me sentais tout drôle.

— Hé ! C'est quoi, cette voiture-là ? a soudain crié Arsène. La police ! Sauve qui peut, les gars !

— C'est pas moi, ai-je crié en agitant frénétiquement les mains.

— Sortez par en arrière, a dit calmement Margo en leur indiquant une porte.

Ils ont fait demi-tour en courant, Mortimer transportant la mallette remplie d'argent, Arsène manquant faire tomber une lampe au passage. Bruit de porte qui claque. On a entendu un cri étouffé et les voix terrifiées des frères Banks. Puis, tout à coup, comme des objets lourds dégringolant par terre.

— À l'aide ! La porte est verrouillée ! C'est un piège ! On s'est fait avoir !

— Ce n'est même pas la police, a fait remarquer Margo placidement. C'est une voiture bleue, tout ce qu'il y a de plus ordinaire.

— La pizza ! Enfin ! a dit Gaby. Tout à coup, elle a pouffé : Et ces trois idiots qui se sont enfermés dans le placard !

— Encore heureux qu'ils soient dans le

placard, ai-je dit. Sans ça, c'en était bien fini de l'argent. Pour l'instant, on est en sécurité; ils arriveront jamais à ouvrir la porte, c'est presque impossible de l'intérieur. Mais ils ont le revolver! Quelle idée de le leur avoir remis!

— Les revolvers, très cher Jérémie, sont interdits par la loi, a dit Margo. Mais on ne courait aucun danger, n'est-ce pas? J'imagine que tu as eu la présence d'esprit de retirer les balles pendant que j'attirais leur attention ailleurs...

Je suis devenu rouge comme une tomate. Je n'ai pas la moindre idée de la façon dont on s'y prend pour vider un revolver.

— Ne t'en fais pas, a souri Gaby en ouvrant sa main remplie de balles. Je m'en suis chargée.

On a entendu une portière claquer.

— J'espère que ce sont les policiers, cette fois, a soupiré Dorothée. Ils en mettent du temps à venir. Si ce n'est pas eux, on rappelle.

— De quoi parlez-vous? ai-je dit.

J'ai entendu de légers coups à la porte du placard.

— Psst! Tu es là, fiston? a soufflé Eddy.

— Qu'est-ce que vous me voulez?

— C'était bien la police, dehors?

— Non. Le livreur de pizzas.

— Dans ce cas, fais-nous sortir au plus vite, a hurlé Eddy. Au cas où tu le saurais pas, on est claustrophobes. Tous les trois! On peut tout simplement pas rester plus de deux minutes dans un endroit fermé. C'est d'ailleurs pour ça qu'on reste jamais longtemps en prison. Vite!

— Fermez-la. Il faut que je réfléchisse.

On a sonné à la porte et une voix a crié:

— Police! Ouvrez!

— Vous avez entendu? ai-je murmuré.

— Le livreur de pizzas a peut-être un sens de l'humour un peu particulier, a dit Gaby.

— Qu'est-ce que je fais?

— Ce que tu veux, Jérémie, a dit Margo. À toi de décider. On ne parle pas, rappelle-toi. Surtout pas à la police!

J'ai tourné lentement la poignée et entrouvert la porte.

Ils étaient deux, en civil, mais je les ai reconnus tout de suite.

— On a deux mots à te dire, a dit l'homme.

— Qu'est-ce qui me dit que vous êtes vraiment de la police? ai-je demandé pour gagner du temps.

— Oh, allez! Tu sais très bien qui on est, a rétorqué la femme. Montre-lui ta carte, Rod... je veux dire agent Heaves.

Le rouquin a montré son insigne :

— Ne fais pas semblant de ne pas me reconnaître. On s'est rencontrés devant *Chez Rose*. Ailleurs aussi...

— Nous avons reçu une plainte, a dit Sheila. Il paraît qu'il y a du boucan ici. Vous fêtez ou quoi ?

— Vous devez vous tromper d'adresse, ai-je dit.

Et si c'était encore un coup des tantes ? Dorothée avait bel et bien pris le téléphone, tout à l'heure. Mais elle n'avait pas dû avoir le temps d'appeler la police.

— C'est bizarre, a dit Rod. Chaque fois qu'il est question des frères Banks, tu n'es jamais très loin. Un peu plus tôt dans la soirée, on a rapporté le vol d'une voiture tout près d'ici. Encore une coïncidence, je suppose ?

— Je suppose.

— Toi, tu nous caches quelque chose. Laisse-nous jeter un œil, a-t-il ajouté en me poussant à l'intérieur.

Je tremblais de la tête aux pieds. Dans le placard, silence de mort. Qu'est-ce que j'allais inventer comme histoire s'ils ouvraient la porte ?

— Pour une fête, c'en est toute une, ma parole, a dit Sheila. On dirait bien qu'un cyclone est passé par là.

En effet. Les tantines étaient affalées un peu partout, les coussins éventrés, et les revues éparpillées aux quatre coins du salon.

— Alors, c'est avec ces trois dames-là que tu t'amuses? a dit Sheila. Je t'avais prévenu qu'il était un peu bizarre, a-t-elle ajouté plus bas à l'intention de Rod.

— Quel fouillis! On dirait même que la porte a été forcée. Il n'y aurait pas eu effraction ici, par hasard? Des visiteurs... indésirables?

— N-n-non, ai-je bégayé.

Je ne mentais qu'à moitié: les frères Banks avaient sonné avant d'entrer.

— Vous êtes les seuls visiteurs... indésirables que j'ai vus ce soir, ai-je cru bon d'ajouter.

On a entendu une autre portière claquer.

— Ma mère! ai-je gémi. Il manquait plus que ça!

Je me suis laissé tomber sur une chaise et je me suis pris la tête à deux mains.

Jérémie, Rick et les autres

On a sonné à la porte. Au même moment, j'ai senti qu'on me poussait dans les côtes : Margo, avec sa canne, essayait en vain de me souffler quelque chose. Le moment était bien mal choisi. Je lui ai fait des gros yeux, en l'implorant silencieusement de ne pas empirer la situation en se mettant à parler.

— Ça ne va pas ? a demandé Rod. Tu réponds ou je réponds ?

— Ta mère sonne toujours comme ça pour rentrer chez elle ? a demandé Sheila.

Jamais, évidemment. Donc, ce n'était pas elle. J'étais tellement soulagé que le fou rire m'a pris. Mais qui était-ce alors ?

— PizzadouzepoucesjambonananasolivespouruncertainJérémie ? a débité le livreur au moment où j'ouvrais la porte.

Par-dessus son épaule, j'ai aperçu Rick qui arrivait à toute vitesse en vélo.

— La voiture bleue, là, c'est la police ? a-t-il demandé à bout de souffle. Qu'est-ce qui se passe ?

— Chut ! Et toi, qu'est-ce que tu fais ici ?

— Moi ? Je vous livre la pizza, cher monsieur, a répondu le livreur. Mais je me suis peut-être trompé d'adresse.

— Non, c'est la bonne. Entrez.

Ils ont défilé tous les deux devant Rod et Sheila, qui les dévisageaient avec des regards chargés de suspicion.

Derrière moi, j'ai entendu un léger frottement, celui d'une lame qui se fraye un chemin dans le bois. Les frères Banks ! Un moment embarrassant a suivi, non à cause du bruit, mais parce qu'il fallait bien que je paye la pizza. Rouge de confusion, mais en faisant comme si de rien n'était, je me suis tout bonnement dirigé vers Margo et j'ai pris l'argent dans son sac.

— Belle sacoche que tu as là, a commenté le livreur.

Inutile de préciser que le pourboire a été très maigre.

Bon, que faire de tout ce beau monde, à présent ? Livrer les voleurs à la police ? Comme ça, je pourrais me débarrasser de cinq personnes en même temps. De six peut-être, en me comptant, puisque Rod et Sheila allaient sans doute en profiter pour m'arrêter moi aussi. Mine de rien, j'ai jeté un regard du côté des tantes. Non. Aucune aide ne viendrait de là. Elles étaient affalées sur leur fauteuil et ressemblaient à s'y méprendre à ce qu'elles étaient, trois vieilles poupées de chiffon. Mais avant de décider de la suite des événements, il me fallait les consulter. Elles le méritaient bien, il me semble. Donc, une seule chose pressait : me débarrasser de Rod et de Sheila. J'ai pris la pizza des mains du livreur et je la leur ai tendue.

— Je vous l'offre. Vous la méritez bien. Les olives, ça vous tente ? Allez la manger tandis qu'elle est chaude, ai-je ajouté en lorgnant du côté de la porte pour qu'ils déguerpissent au plus vite.

— Qu'est-ce que tu fais des frères Banks ? a dit Rick. Ils se sont sauvés avec l'argent ? Je croyais pourtant...

J'ai ouvert la bouche pour l'interrompre, mais rien n'est sorti. Mes épaules se sont affaissées d'un coup.

— Bon, a dit Rod. Si tu nous racontais ce qui se passe ici ? Qu'est-ce que vous savez tous les deux à propos des frères Banks ?

— Dis-leur, Jérémie, ça vaudra mieux.

Avec des amis comme Rick, pas besoin d'ennemis! Mais quel soulagement ce serait de tout raconter. J'ai regardé brièvement les tantes et j'ai commencé à parler:

— Eh bien, tout ça a commencé avec la récompense, celle que j'aurais dû obtenir après avoir participé à l'arrestation des frères Banks. Je me suis dit que si je la voulais, cette récompense, je devais me lancer encore une fois à leur poursuite. J'avais pas de plan précis. À la télé, on disait que les voleurs s'étaient enfuis sur une motocyclette et qu'il avait dû y avoir un accident près d'un pont. J'ai reconstitué les événements (regard gêné vers les tantines) et je me suis rendu sur les lieux, à l'endroit où l'agent Heaves... bref où vous vous trouviez. Je savais pas que vous étiez déjà là, remarquez bien... Ensuite, j'ai repêché un truc que j'ai rapporté à la maison. J'avais pas la moindre idée qu'il s'agissait de l'argent volé.

— Ton histoire ne tient pas debout, a dit Sheila. Toi non plus, d'ailleurs.

— J'ai passé trois jours à essayer de le trouver, ce fichu magot, a dit Rod. Ne viens pas me dire que, tout ce temps-là, c'est toi qui l'avais! Tu sais comment ça s'appelle, ce que tu as fait? Du recel. Je pourrais t'arrêter pour ça.

— J'avais pas du tout l'intention de garder cet argent. Je peux tout vous expliquer.

Mais essayez donc de tout expliquer en passant sous silence le rôle décisif de trois mannequins qui parlent aussi bien que vous et moi!

— Les frères Banks surveillaient aussi la rivière. Ils ont dû me voir sortir le paquet et m'ont suivi jusqu'ici.

— Tu crois vraiment nous faire avaler ça? a dit Sheila. Des histoires à dormir debout, j'en ai déjà entendues, mais celle-là bat toutes les autres.

Je l'ai complètement ignorée.

— ... Donc, les frères Banks ont réussi à s'introduire ici, mais je me suis arrangé pour leur enlever le revolver. Il est pas chargé, regardez, c'est moi qui... Ils sont là, ai-je conclu en montrant le placard.

— Quoi? ont aboyé Rod, Rick et Sheila tous ensemble.

— Allez voir vous-mêmes si vous me croyez pas. Et voici les balles, j'en veux plus.

— Sors les menottes, a dit Rod à Sheila. Tout d'un coup il dirait vrai...

J'étais assez fier de moi, je l'avoue: j'avais réussi à ne rien dire de faux. Quelques omissions, sans plus.

Rod et Sheila se sont tournés vers l'armoire, la main sur leur revolver. Silence total à l'intérieur.

— Tu as fait ça tout seul? m'a demandé Rod, incrédule. Tu n'aurais pas eu un peu d'aide, par hasard?

Que répondre?

— Bien sûr qu'il en a eu, de l'aide, a dit Rick.

Non! Pas ça!

— L'aide d'une intelligence artificielle, a-t-il poursuivi. D'un ordinateur. La police aussi s'en sert.

— Quoi?

C'était sorti tout seul, de Rod et... de moi-même.

— C'est tout simple. Vous entrez toutes les informations dans l'ordinateur et il vous recrache les diverses solutions possibles. C'est ça que Jérémie a fait. Évidemment, ses trois ordinateurs sont un peu... désuets, disons, avec une mémoire plus que limitée, mais ils l'ont aidé, ça c'est sûr. Hein, Jérémie?

— Sûr. Sûr et certain.

— Tu aurais dû le dire plus tôt, Jérémie, on aurait compris. On fait des merveilles avec la technologie aujourd'hui. D'ailleurs, il faudrait que la police modernise un peu ses équipements, sinon les criminels vont continuer à lui filer entre les pattes.

Dix minutes plus tard, les frères Banks avaient les menottes aux poings.

— Qu'est-ce que tu vas faire quand tu seras grand, fiston? m'a demandé Eddy au moment de franchir la porte. Pas un flic, j'espère. Sinon, je donne pas cher de leur peau, aux bandits. Bon, à la prochaine. On se revoit dans quelques années, pas vrai?

— Comptez pas trop sur ça, ai-je répondu en souriant.

— Présente-toi au poste demain, m'a lancé Rod en partant. Pour faire une déposition complète.

— Pas de problème. J'emmènerai Rick avec moi, pour les détails.

— Et merci pour la pizza, a dit Sheila.

— Merci d'être venu, ai-je dit à Rick, une fois tout le monde parti. Je sais pas ce que j'aurais fait sans toi.

— Tu te serais très bien débrouillé. À propos, Jérémie, je suis franchement désolé de pas t'avoir cru à propos des mannequins. J'étais vraiment pas dans le coup.

— Qu'est-ce que tu sais au juste? Et comment ça se fait que tu es venu ici précisément au bon moment?

— J'avais dit que je viendrais demain, a répondu Rick en regardant sa montre. Et on est demain. Non, sérieusement, la vérité, c'est qu'elles m'ont demandé de venir.

— « Elles » ? ? Quand ? Comment ? Pourquoi ?

— Avant-hier, a répondu Gaby. Il faisait partie de notre plan, vois-tu ? On lui a téléphoné.

— J'avoue que ça m'a fichu un sacré coup de recevoir leur appel, a dit Rick. Et ça leur a pris un sacré bout de temps pour me convaincre qu'elles étaient bien ce qu'elles prétendaient être.

— Mais je croyais que vous teniez à ce que personne d'autre que moi le sache ! ai-je dit en me tournant vers les tantes.

— Eh bien, a dit Margo, on avait besoin du répondeur de Rick, comprends-tu ? Et puis, tes amis sont nos amis, pas vrai ?

— Comment ça se fait que tout le monde a toujours l'air d'en savoir plus que moi ?

— Les tantes m'ont mis au courant au sujet du piège qu'elles voulaient tendre aux frères Banks, a expliqué Rick. Le problème, c'était de savoir comment les retenir ici. Elles devaient me téléphoner au premier signe de danger et moi, je devais prévenir la police. Le coup de la plainte à cause du bruit, c'était un coup monté aussi. Au cas où il y aurait eu une fausse alerte. On avait un code secret, les tantes et moi, pour éviter d'avoir à parler au téléphone. Elles avaient juste à composer mon numéro, à laisser sonner une fois, à raccrocher, à recomposer le numéro en laissant sonner une autre fois. Rapide, efficace. Et au cas où j'aurais été sorti, mon répondeur était programmé pour envoyer un S.O.S. à la police.

— C'est exactement ce qu'on a fait, a dit Dorothée, toute fière. Ça nous a pris exactement vingt-huit secondes, pas une de plus.

— Pas mal, ai-je dit, un peu confus. Je retire tout ce que je vous ai dit...

Silence. Margo s'est éclairci la voix :

— Nous aussi, on est fières de toi.

— Tu as été splendide, Jérémie, s'est écriée Dorothée sur le coup de l'enthousiasme. Quel courage, quelle honnêteté !

— En ce qui nous concerne, a renchéri Gaby, Jérémie est l'homme le plus parfait que l'on ait jamais rencontré.

— Très drôle, ai-je dit en rougissant.

— Le test ultime, Jérémie, c'est le sens de l'humour.

— On a beau t'avoir appris un tas de choses depuis qu'on est ici, tu es encore bien naïf. Mais qu'importe! L'homme le plus parfait doit garder certains petits défauts, sous peine de devenir irréel...

Elles ont pouffé de rire.

— Reconnais-le, Jérémie, a dit Gaby: on t'a causé certains embêtements, c'est vrai, mais on a bien rigolé.

Elle s'est penchée vers moi et a commencé à me chatouiller.

— À l'aide! ai-je hurlé en me tordant. Police! À l'aide!

— À propos, a dit Rick, le journal de Fergus est intéressant en diable. Tu parles d'un inventeur!

— Tu l'as lu? ai-je demandé en échappant à l'emprise de Gaby. Alors tu sais comment il s'y est pris pour donner vie à des photos? Pour les transformer en esprits?

— En esprits? Voyons donc, Jérémie, tu as rien compris. Tout ce qu'il voulait, le vieux Fergus, c'était inventer la télévision. Ça lui a pas réussi, le pauvre!

— La télévision?

— Ben oui. Tu l'as pas lu, le journal? Pour un fanatique de la télé comme toi, tu comprends pas vite. Préserver le passé, défier le temps, l'espace, projeter des images à l'autre bout du monde... la télé, quoi!

— C'est pas vrai!

Je me suis soudain rappelé que le téléviseur était tombé en panne, ce fameux soir où on avait commencé à confectionner les mannequins, et qu'il s'était remis à fonctionner normalement le jour où on les avait terminés.

— À mon avis, a dit Rick, les tantes sont le résultat d'une expérience avortée. Dommage que Fergus ne soit plus là pour les voir. Au lieu de les projeter sur un écran de télévision, il les a projetées dans le futur. Une erreur de parcours, j'imagine. Leur photographie est peut-être entrée en contact avec les ondes radio-électriques cinquante ans plus tard. Il doit bien y avoir un peu de magie aussi...

— Erreur de parcours! a marmonné Gaby.

— Expérience avortée, a ajouté Margo.

— Juste ciel! a soupiré Dorothée.

En repensant au tour que je voulais leur jouer — les filmer à leur insu —, je me suis senti un peu gêné. Elles étaient tellement méfiantes par rapport à la télévision. Sans parler du danger qu'elles auraient pu courir. Qui me dit qu'elles n'auraient pas été renvoyées à leur époque? On ne sait jamais avec les ondes! À la seule pensée de les perdre, je suis devenu tout triste.

— Chut! a soufflé Dorothée, un doigt sur les lèvres. J'entends quelque chose.

Des pas approchaient. Après un bref moment d'hésitation, j'ai ouvert la porte d'un geste décidé.

— Ah, c'est toi? ai-je dit, soulagé. Ravi de te voir.

— Pas autant que moi, chéri, a dit ma mère en me gratifiant d'un baiser sonore en plein sur le nez. Tu n'aurais pas dû m'attendre. Tu n'avais pas peur, au moins? Quelle belle fête, Jérémie! Tu aurais dû venir. Toute la bande du théâtre était là. Et tu sais le plus beau? On va l'acheter pour le transformer en théâtre-restaurant. C'est moi qui vais écrire les pièces. Te rends-tu compte? Adieu les décors! J'ai tout plein d'idées! Je vais même me servir des tantines pour écrire des *Meurtres et mystères*...

Tout à coup, elle a aperçu le salon:

— Seigneur! Quel ouragan est passé par ici? Et toi, Rick, j'aurais pu t'emmener; pourquoi ne pas m'avoir dit que tu venais? Je suis bien contente que tu sois ici, d'ailleurs. Depuis le temps que j'attendais que vous redeveniez amis, vous deux. Bon, je vous laisse, vous avez un sacré retard à rattraper. Je suis morte, je monte me coucher.

— On porte un toast, a proposé Rick. On le mérite bien, non ?

— En effet, a dit ma mère. Vous en méritez tout un. À votre santé, les amis, a-t-elle ajouté en bâillant.

Elle nous a tourné le dos et s'est dirigée vers l'escalier en marmonnant quelque chose à propos des fêtes qui sont terribles pour les gens de son âge.

— Grand Dieu ! s'est écriée Dorothée. Vous avez entendu ce qu'elle a dit à propos du théâtre ? Nous allons devenir actrices ! Monter sur scène !

— Tu peux faire une croix là-dessus ! a dit Margo. Une scène ! Pourquoi pas un cabaret, tant qu'à y être ! C'est d'un vulgaire ! Presque autant que la télévision, tiens ! Nous ne sommes pas des singes savants, que je sache !

— Ça nous changerait un peu, il me semble, a susurré Gaby. Maintenant que tout est rentré dans l'ordre, est-ce qu'on ne risque pas de s'ennuyer un peu...

— Hé ! Mais j'y pense ! me suis-je écrié tout à coup.

— Quoi ? a demandé Rick.

— La récompense ! J'ai complètement

oublié de demander à Rod et à Sheila si on l'aurait.

— À la condition que les voleurs ne leur aient pas encore filé entre les pattes, a dit Margo en pinçant les lèvres.

— J'espère bien que non, a grogné Rick.

Ah non! On n'allait pas recommencer!

— Vous avez pas une petite faim, vous autres? Moi, oui. Il me reste huit dollars. C'est pas beaucoup, mais tant pis. On fait la fête!

Table des chapitres

Collection

alli-bi

Chabin, Laurent
Silence de mort

Gaulin, Jacinthe
L'été des sueurs froides

Martin, Christian
Série Carll et Novy
Complot sur Halpa
Prisonniers des Grrihs

Simard, Danielle
Le cercle maléfique

Vachon, Hélène
Dans les griffes du vent

Œuvres traduites

Alexander, Wilma E.
L'héritière des ombres

Aveling, Ann
Qui a perdu les pédales?

Bailey, Linda
Série Steph et Joé
Drôles d'ordures!
La frousse aux trousses
Deux lapins dans un nid de vautours
Terreur chez les carnivores